はぐれ猟師の異世界自炊生活

~フェンリル育てながら、気ままに放浪させてもらいます~

3

おとら
Otora

Illustration
市丸きすけ

主な登場人物
デュラン
ガレス帝国の第一皇子。
横暴な性格で、
最強の男と恐れられる。
ユリア
いつもヒュウガに
親切にしてくれる女騎士。
マルクス王国の王女。
ヒュウガ
異世界に迷い込んだ
猟師兼料理人。
体格に恵まれ、
武道にも精通している。

エギル
高い戦闘能力を持つ
龍人族の男。
美味い物に目がない。
クラリス
美人で魔法の腕も凄い
ハイエルフの女性。
ハンターギルドの
マスターという顔を持つ。
セツ
フェンリルの子供。
ヒュウガを父親のように
思っている。
ノエル
兎獣人の女の子。
孤児だったが、
ヒュウガに拾われた。

第一章　異変が起きたようだ

くすぐったい……重い。

眠い目をこすり、目を開けると……子フェンリルのセツが俺にのしかかっていた。

俺が起きたのに気づき、セツが嬉《うれ》しそうに顔を舐《な》め回してくる。

「おはよう、セツ。乗るのはいいが、俺の顔をべたべたにしないでくれ」

「ククーン？」

そんな俺達の声に反応したのか、隣《となり》のベッドにいる兎族《うさぎぞく》の少女ノエルが目を覚ます。

「ふぁ……セツちゃん、お父さんも、おはよ」

「ワフッ！」

「ああ、おはよう」

異世界に迷い込んだ猟師兼料理人の俺――真田日向《さなだひゅうが》は、マルクス王国の辺境都市ナイゼルの宿屋を拠点に、ハンターとして気ままに生活していた。

母フェンリルに先立たれたセツと、孤児のノエルを家族に迎えたこともあり、最近ではそろそろ自分の家を購入し、料理店を始めようか……などと考えている。

全員で軽くシャワーを浴び、弟分のゴランと合流して軽めの朝食をとっていると……龍人族《りゅうじんぞく》のエギルが顔を出した。

「ヒュウガ、元気そうだな」

「よう、エギル。まあ、なんとかかな」

セツとノエルも口の中のものを急いで呑み込むと、元気よく挨拶する。

「はぐはぐ……ゴクン……キャン！」

「もぐもぐ……おはようございます！」

「うむ、セツにノエル……ん？　ゴラン？　どこへ行く？」

いつの間にか食事を済ませたゴランが席を立ち、忍び足で階段を下りようとしていた。

おそらく、厳しい修業に付き合わされるのが嫌で、逃げるつもりだろう。

しかしそれをエギルに見咎《みとが》められ、ゴランは顔を引きつらせる。

「げげっ!?　い、いや～、ちょぃとトイレにでも行こうかと……」

「うむ、そうか。では、宿の入り口で待っているとしよう。さっさと済ませてくるがいい」

「えぇ!?　い、いや～、時間がかかるかもしれないので。その、エギルを待たせるのは悪いかと……」

「我は気にしない」

「俺が気にするんだよぉぉー!!　やってられるか！　あばよ！」

そう言い残して、ゴランは全速力で階段を下りていく。

「む？　なるほど、追いかけっこで鍛錬《たんれん》か……それも悪くない。では、参る！」

何やら一人で納得した様子のエギルも、すぐに風のように去っていった。

少しすると、外から騒々《そうぞう》しい声が聞こえてくる。

「やめろぉぉー！　追ってくるなぁぁー!!」

「ほう！　スピードが上がったではないか！　ステータスアップも近いな！」

……うん、二人とも楽しそうで何よりだ。

宿の外を駆《か》け回《まわ》るゴラン達を見て、セツとノエルが無邪気に応援する。

「ワフッ！」

「叔父《おじ》さん頑張って！」

ゴラン、逞《たくま》しく生きろよ……


セツとノエルがうたた寝をする側で、俺は本を読みつつ、宿で癒《いや》しの時間を過ごしていた。

「ヒュウガ、今時間はあるか？」

その声と共に現れたのは、マルクス王国の王女ユリア。いつも俺に親切にしてくれる素晴らしい女性だ。

しかし、今日は何やら怖い顔をしている。

また知らず知らずのうちに俺が何かやらかしてしまったのだろうか？

「見ての通りですね。今日はゆっくりしています」

「そうか……少し、会ってもらいたい人物がいる。すまないが、今から平気か？」

「え、ええ、よくわかりませんが……構いませんよ」

「感謝する。アイザック、許可が下りたぞ」

ユリアに呼ばれて、精悍《せいかん》な顔つきの男が階段を上って現れた。

身長と体格も俺と同じくらい、そして強者《つわもの》の気配を纏《まと》っている。

――はっ！　会わせたいって……まさかユリアの婚約者とか⁉

そ、そんな……！　遅かったというのか！

「……ガ……ヒュウガ！　何をぼーっとしている⁉」

「うわっ⁉」

気がつくと目の前でユリアが俺の顔を覗《のぞ》き込《こ》んでいた。

相変わらず、とても綺麗《きれい》な顔だ。美人は三日で飽《あ》きるというのは嘘《うそ》だな。

「むぅ……失礼ではないか？　人の顔を見て叫《さけ》ぶとは……」

「す、すみません、あまりに綺麗で……」

「な、なっ――⁉　いきなり何を言うか⁉」

「コホン！　仲睦《なかむつ》まじいところ、申し訳ないが……ご紹介を願えますかな？」

ユリアが取り乱しはじめるが、アイザックと呼ばれた偉丈夫《いじょうふ》の咳払《せきばら》いで我に返る。

「うむ……ヒュウガ、此奴《こやつ》の名はアイザック・モーリス。この辺境の地を治める領主だ」

「……はぁ、それはどうも」

領主と言われてもピンとこないが、市長みたいなものか？

「ほう。私を前にして臆《おく》した様子もない。さすがは龍人を負かしたと噂《うわさ》されるだけの男だな」

いや……ただ単に、よくわからないだけなんですが。

「えっと……それで、その領主さんがなんの用ですか？」

俺が尋ねると、ユリアはどこか困った様子でアイザックさんに目を向ける。

「あぁー……アイザック、話していいぞ」

アイザックさんが鬼気迫《ききせま》る表情で口を開く。これは何か危険な依頼があるのかも。

「ヒュウガ殿！　お主《ぬし》に頼みがある！　聞いてもらえるだろうか⁉」

この都市にはお世話になっているし、俺の大事な場所だ。その領主さんが困っているというなら、話くらい聞くのが筋《すじ》だろう。

「ええ、俺にできることであれば」

「では――パンケーキとやらを作ってくれ！　この通りだ」

「………はい？」

どうしてここでパンケーキが出てくる？　俺はわけがわからずユリアに視線で尋ねる。

「アイザック、性急すぎる。まずは説明をしないと」

「そうでしたな、私としたことが……些《いささ》か冷静さを欠いていたようです」

「ヒュウガ、普段はこんな男ではないのだ。常に冷静沈着な……もういいか、お前達は勝手にやってくれ」

とても疲れた表情をしているユリアを横目に、アイザックさんが語り出す。

「お主が騒動《そうどう》を引き起こしたと報告があった」

「あっ――その節はご迷惑をおかけしました」

「いや、いい。町の発展や活気に繋《つな》がるなら、悪いことではない。それでだな……その際に、証拠品として、部下が一つ持ち帰ってきたのだ」

「パンケーキをですか？」

「ああ、そうだ。毒味をさせた後、私も食べたのだが……あれはなんだ⁉　私は今まで数々の料理を食べてきた！　しかし、あんなものは知らない！　ふわふわ！　モチモチ！　濃厚な卵の味！　ほんのり感じるミルク！　それを彩《いろど》る二種のソース！　……一体、どんな王侯貴族が食していたのだ⁉」

ただのパンケーキだけど……この世界においては、庶民の味とは言えない。

「パンケーキは、私の世界では割とポピュラーでしたね。一応、高級ホテルの朝食なんかに出てくることもあります」

「なるほど、朝食か。詳しくはわからないが、朝に甘いモノを食べると頭が働く気がするからな」

へぇ……この世界でも、そういうことを気にする人がいるんだな。確かに、糖分が足りないと脳も働かないからな。

「して、パンケーキなのだが……」

「実は、あれで材料を使い切ってしまいまして……」

「な、なんと！　では、食べることができないと⁉」

「わ、私も食べたかった……」

俺の答えを聞き、アイザックさんが顔を引きつらせる。ついでにユリアもシュンとしている。まあ、彼女も食べたいって言っているし……もう一回狩りに行けばいいか。

「いえ、俺が狩りに行けば済む話です」

「「おおっ‼」」

いつの間にか、ユリアの声も重なっている。

「ですが、ひとつ条件があります」

「「なんだ⁉」」

さすがに、なんでもタダで引き受ける男だと思われると、後々よろしくない。

あまり無理を言うつもりはないが……夢の実現のためにも、一つ聞いてみよう。

「実は、家を探していまして。それも、一階で料理を作れるような」

「ヒュウガはな、料理屋を開きたいらしい」

俺の言葉を、ユリアが補足してくれた。

「おおっ！　あのような物を作れる料理人が店を……なるほど、領主である私の援助が欲しいということか」

「話が早くて助かります。もし空いている場所があり、そこを俺が気に入ったなら、事がスムーズに行くように手配をしてほしいのです」

「わかった。確約はできないが、手伝う方向で調整しよう。領主とは皆に平等でなくてはならないのだ」

「はい、それで大丈夫です」

「交渉成立だな。では、ハンターギルドにヒュウガ殿への指名依頼を出してくるとしよう。明日には受理されるはずだ」

「わかりました、では明日行ってみますね」

俺が返事をすると、アイザックさんは満足げに頷《うなず》いた。

「うむ、良い交渉であった。いずれにしろ、会わなくてはと思っていたところだ。この地を預かる身として、異世界人を放っておくわけにはいかないのでな。しかし……なるほど、皆が気に入ったわけだ。この強さにして、この腰の低さ……これが強者の余裕か。ユリア様が認めた男というだけのことはある」

「べ、別に……ヒュウガはいい奴だし」

「それでは、失礼する……ヒュウガ殿、楽しみにしている」

「ええ、わざわざありがとうございます。お届け先はどうしますか？」

「それもギルドに伝えておこう、ではな」

話が済んだのか、アイザックさんは階段を下りて行く。

「領主なのに、随分《ずいぶん》とフットワークが軽いんですね。それに優しそうな方だ」

俺の感想を聞いて、何故かユリアが苦笑する。

「……いや、アレは異常なのだ」

「どういう意味です？」

「あいつが笑うところなど、私は初めて見たよ。本国の重鎮《じゅうちん》すら恐れるアイザックを……私だって、話すのは緊張するくらいだ。一応、身分的には私が上なのだがな」

どうやら、普段はもっととっつきにくい人のようだ。

「とにかく、話がまとまって良かった。あのアイザックに気に入られれば、ここでの生活も楽になるだろう」

ひとまず、用事は終わったようだ。

ユリアは急いでいる様子はないし……ここは勇気を出して聞いてみるか。

「ユリアは、この後の予定はありますか？」

「うむ、意外と早く話がまとまったから、時間に余裕はあるな」

「もし、よろしければ……スラム街に連れて行ってもらえませんか？」

「良い機会か。実は、一度は連れて行くつもりではあった。ヒュウガがこの場所に住むことを決めた以上、いずれは目に入るものだからな」

「ええ、それもあります。ですが、単純に住む場所としてどうなのか見ておこうと思って」

「確かに、それは大事だ。言っておくが、良いものではないぞ？　セツは成長したが……ノエルには厳しいだろう」

そう言って、ユリアは寝息を立てているノエルにちらりと目を向けた。

「ええ、わかっています」

「ふむ……とりあえず、行くとしよう」

俺はユリアに頷くと、ノエルを起こさないように小声でセツを呼ぶ。

「セツ、悪いが出かけてくるから、寝ているノエルのことを頼めるか？」

「ワフッ」

僕に任せろって顔だな。すっかりお兄ちゃんらしくなってきて、感慨深いものがある。

宿を出た俺は、少し強張《こわば》った表情のユリアの後を追って歩く。

いつもの商店街を抜けて、町の中心部から外れた方へと向かっていくと……やがて、高い柵が設置されている場所に到着する。

そこでは、明らかに門兵と思《おぼ》しき人が立っており、出入りする人に目を光らせていた。

「あそこは、隔離されているのですか？」

俺がそう問うと、ユリアは複雑な表情を見せる。

「ああ、差別をしているわけでは……いや、言い訳だな。我々は、彼らを差別している。理由はいくつかあるが……まずは元犯罪者や、それに近い者達が住んでいるからだ」

「それはどういった方々ですか？　仕方なく罪を犯した者ですか？　それとも自らが望んで犯罪に手を染めた者ですか？」

「ほとんどが、やむを得ぬ事情でそうなった者達だ。敗戦国の兵士や、食《く》い扶持《ぶち》がなくなった傭兵《ようへい》、怪我や年齢など、様々な理由でハンターとして食っていけなくなった者……だが、中には他人を食い物にしているような、根っからの悪党もいる」

「なるほど、だから隔離されていると」

「一般市民に被害が出てからでは遅いからな。この辺境の町ができてすぐにこの状態になっていて、私にも手の打ちようがない」

「領主さんは対処しないのですか？」

「アイザックは黙認しているな。そういう奴らを一箇所に集めることで監視下に置けるように。為《い》政者《せいしゃ》としては悪くない判断だ」

ユリアはそう答えながらも悔《くや》しそうに唇《くちびる》を噛《か》んでいる。

「この中は無法地帯に近い。大勢での殺し合いや、一般市民に危害を加えることがなければ、黙認されている」

「確かに、下手に締め付けて暴動になっては、一般市民にも害が及ぶかもしれませんね」

「ああ。それに、たとえここから追い出したとしても、その者達が盗賊になって町や村を襲う可能性もある。だから、隔離という形をとらざるを得ないのだ」

「入るには、何か許可が必要ですか？」

「何があっても自己責任ということだけだ」

「わかりました。では……連れていってください」

スラム街の入り口に近付いて挨拶すると、門番達がユリアに気づいて驚愕《きょうがく》する。

「ユリア様!?　こんな場所にどうしたのです？　何か問題が起きたのでしょうか？」

「いや、この男を案内しているところだ。悪いが、通してもらえるか？」

「あっ、いや、もちろん平気ですが……護衛の方々は？」

「それについては問題ない。最強の男が付いている。此奴は噂の異世界人だ、通達はいっているな？」

「最強かどうかは別として……ユリアのことは必ず守りますので、ご安心ください」

俺が一歩前に出ると門番達は感嘆《かんたん》の声と共に道を空けてくれた。

「この方が⁉　龍人エギル殿より強いという……では、安心ですね。どうぞ、お通りください」

さすがに言いすぎだと思うが……とにかく、俺はスラム街に足を踏み入れたのだった。


さて、いざスラム街に入ると……俺はその光景に目を疑った。

道端《みちばた》にはやせ細った子供達が座り込んでおり、身なりの悪い大人達が地べたで寝ている。

俺はこの町の現実を直視し、言葉を失うのだった。

「ヒュウガ、平気か？」

「え、ええ……まるで別の世界のようですね」

「ああ、ナイゼルの中心部と比べればそうかもな。だが、この世界では普通のことだ。弱い者や知恵を持たない者は、それを受け入れるしかない。だからといって、この光景を肯定するわけではないが」

「……難しい問題ですよね。こういった方々を援助すれば、それに甘える人も出てくるでしょうし……かといって、頑張る機会を与えられないのも問題かと」

「よくわかっているな。以前、お金や食料を支給する試みがあったのだが……ただ悲劇が起きただけだった。もっと寄越《よこ》せと文句を言ってくる者、奪い合いを始める者……日々を精一杯生きるだけの彼らと、平和を享受《きょうじゅ》する我々とでは、価値観に差がありすぎた」

「どうしたって価値観の違いはありますよね」

俺にも、何かできるのだろうか？

そんな思いを胸に、ユリアと並んでスラム街を歩いていく。

「ここの治安は、どうやって維持されているんですか？」

「基本的に、領主側は干渉しない。その時、スラムで力を持っている者がここを支配する。意外とお前が支配者になったりな。ここが俺の縄張《なわば》りだとか言って……」

「ちょっと⁉　ただでさえ、勘違いされそうな風貌《ふうぼう》なのに」

「ふふ、悪かったよ」

その後、俺はユリアに連れられて、スラム街をあちこち見て回った。

市街中心部と違ってあまり良い雰囲気《ふんいき》の場所とは言えないが、ここにはここで生活を営《いとな》む者達がいて、独自の社会やルールが形成されているようだ。

途中、ゴロツキのような連中に絡《から》まれそうになったが、俺が睨《にら》みを利かせると、彼らは何も言わずに去っていった。

しばらく歩いていると……とある二階建ての家が俺の目に留まった。

一階部分に入り口はあるが、外階段がついていることから、きっと二階にも入り口があるのだろう。

「ん？　どうかしたか？」

「いえ、あの建物が気になって」

「あそこは今空き屋になっているはずだから、見てみるとしよう」

そう言って、ユリアは俺を建物に案内してくれた。

鍵がかかっていなかったので、俺達はそのまま中に入る。

「造り的に、元々は何かしらのお店だったんでしょうね」

一階のリビングスペースは一般家庭にしてはかなり広く、大体、三十人くらいは入れそうだ。

しかも裏庭もあって、勝手口からも出入りができる。これならセツも喜びそうだ。

しかも、道路に面しているから閉塞感《へいそくかん》もない。

内装はすっかり荒れていて汚いが、色々と改装すれば使えそうだ。

二階に上がって確認すると、八畳くらいの部屋が四つあった。

廊下も広いし……うん、これは良いぞ。

「ユリア、ここで良いかもしれません」

「え？　いや、しかし、ここは……」

「あくまでも候補ですから」

「うむ……そうだな。よし、では帰るとしよう」

困惑気味《こんわくぎみ》のユリアと共にスラム街を後にしたのだった。


ユリアと別れた後、俺はハンターギルドに立ち寄った。

家を手に入れるにはどうしたってお金はかかるので、依頼を見繕《みつくろ》っておかないといけないからだ。

「あら、ヒュウガじゃない。一人で珍しいわね」

受付カウンターにいたギルドマスターのエルフの女性――クラリスが、俺に微笑みかける。

「やあ、クラリス。今、物件を探していたところでね」

「いよいよ、本格的に住む準備ってことかしら？　私もしばらくこの町にいるから、これからもよろしくね？」

「こちらこそ」

「といっても……一瞬の出来事でしょうけどね……」

そう言って、クラリスは寂《さび》しそうに笑う。

長命なエルフの彼女は、きっと何百年も人を見送ってきたのだろう。

クラリスにも世話になっているし、ここらで恩返しをしておきたいところだ。

「じゃあ、思い出を作っておかないとな。せっかくだから、どこかに出かけるか？　以前、デートがどうのこうの言っていたし」

「あら……覚えていたのね？　ふふ、あんまり待たせるから、もう少しでキレるところだったわ」

クラリスは微笑みを浮かべるが、目が笑っていない。

それでどこに行くかだが……そういうことは自分で考えろとか言っていたな。

「……か、狩りでも出かけるか？」

以前、クラリスと一緒に戦った時、とても楽しかった記憶がある。

なんというか、相性が良いというか。

「ロマンのカケラもないわね……」

「す、すまん……嫌か？」

「そんなことはないわよ。大事なのは、何をするかではなく誰とするかだもの。まあ、それに、ヒュウガらしいし」

一瞬クラリスが呆《あき》れ顔《がお》になるが、その表情がすぐに和《やわ》らいだので、俺は胸を撫《な》で下《お》ろす。

「ほっ……クラリスも気に入っていた〝アレ〟を作ろうと思ってさ。あと、実は……」

領主と話し合って、指名依頼を出してもらったことを伝える。

「へぇ……あのアイザックがねぇ～。まあ、堅物《かたぶつ》で野心家ではあるけど……根っこの部分は悪い奴ではないわね。きちんと契約したことには応えるでしょう」

「クラリスがそう言うなら安心だな」

「い、いや、そんなにまっすぐな目で見られても……で、依頼はいつになるの？　私も食べたいわ」

「え？　……領主さん、さっきギルドに行くって言ってたけど？」

「なんですって？　私は……さっきまで寝ていたわね。少し待っていてちょうだい」

クラリスは慌《あわ》てて席を立つと、職員を捕まえて何やら話しかけている。

すると、すぐに職員が封筒を持ってきた。

「これね……ワイバーンの卵採取の指名依頼。お届け先は領主の館。その際にパンケーキなる物を最低でも十枚は持ってくること。報酬《ほうしゅう》は……金貨四枚の予定……太っ腹ね」

「通常、ワイバーンの依頼は金貨一枚だから……パンケーキが金貨三枚!?」

思わず素《す》っ頓狂《とんきょう》な声を出してしまった。

命懸けで倒す魔物よりパンケーキが高いとか、なんかおかしくないか!?

「どうやら、余程気に入ったみたいね。まあ、無理もないわ。長年生きている私ですら、あんなのは初めてだもの」

「それが疑問なんだよな。レシピは簡単なんだから、他の誰かが思いついていそうなものだけど」

「卵を加工するという考えが浮かんだとしても……それを実行する人はいないでしょうね」

「どうしてだ？」

「卵の依頼は危険度が高いわ。ワイバーンの卵をとるとなったらC級上位の実力が必要になるもの。C級ハンターというのは、もうベテランクラスよ？　その人達が命がけで取ってきたもの。報酬に金貨が必要になるようなものをお試しで使って、失敗したらどうなると思う？」

「……プレッシャーがえげつないな」

「でしょ？　だから、普通はレシピが知られている料理しか作らないわね。最初から作り方を知っている貴方《あなた》ならまだしもね」

「そっか……じゃあ、アイスとかもないだろうな」

「アイスって、氷を食べるの？」

アイスクリームを知らないのか、クラリスはきょとんとしている。

「えっと……氷ではなくて、牛乳と卵と砂糖を入れて……」

簡単にアイスクリームの説明をすると、彼女は綺麗な顔をずいっと近づけてくる。

「何それ⁉　食べたいんだけど⁉」

「わ、わかった！　わかったから！」

「約束よっ！　ふふ～楽しみが増えたわ」

「ハハ……善処する」

勢いで頷いてしまったが、作り方を正確に覚えていないとはもう言えない……

「あっ――じゃあ、一緒にワイバーンを狩りに行こうかしら？　そうすれば手間もかからないわね」

「俺としてはありがたいが……いいのか？」

「その代わり、パンケーキを所望するわ。あと、アイスクリームというものを一番に食べさせること……いいわね？」

目が真剣だ……どこの世界でも、女性はみんな、甘いものには目がないようだ。

「わかった、約束するよ」

「決まりねっ！　じゃあ、さっさと仕事しないと……！　明日の朝に来なさい！」

そう言うと、クラリスは風のように去っていった。

ほんと……楽しい人だよな、クラリスって。


宿に帰ると……庭にゴランが倒れていた。その傍《かたわ》らではエギルが腕組みしている。

「あ、兄貴……ゲフッ⁉」

「ヒュウガ、帰ったか」

「やあ、エギル。ゴランの鍛錬は終わったのか？」

「ひとまずはな。だが、まだまだだ。此奴は、未だに潜在能力を開花しきっていない」

「へぇ、そいつは凄《すご》いな。ステータス上限が高いってことか？　既にBクラスはあるのに」

「もしかしたら、我やお主に並ぶかもしれぬ」

「エギルがそこまで言うか……」

「ただ、本人のやる気があればの話だが」

「なんか、俺も負けていられないな」

ゴランは俺に憧《あこが》れていると言ってた。その俺が変わらないままじゃ、ゴランにも失礼だ。

「ふむ……では、久々にやるか？」

エギルが袖《そで》を捲《まく》り上《あ》げ、臨戦態勢に入る。

「いいな、それも」

俺も意識を切り替え、戦闘モードに入る。

「ほう？　気配が以前と違うな？」

「少し、自分に正直になってみた。俺も、どうやら戦うことが好きらしい。今までは誤魔化《ごまか》してきたけど、この世界で生きる覚悟を決めたから」

「ククク……嬉しいぞヒュウガ！　では——尋常《じんじょう》に勝負！」

「おう！」

「ん？　……待ってくれ！　兄貴達がこんなところで鍛錬したら……あれ？」

どうやらゴランが目を覚ましたようだが……それどころではない。

「「フヌゥウウ——!!」」

お互いに一歩も引かずに組み合い、押し相撲対決を始める。

初めて会った時に、エギルとやったやつだ。

「わ、我とて無策ではない！」

以前よりエギルの力が増しているように感じる……いや、体幹が安定したのか？

「あれから考えた！　我は己《おのれ》の身体を過信していた！　最強の肉体を持って生まれたことを！　感謝する！　お主のおかげで我は高みへと行ける！」

「そういうこと……だが——俺に一日《いちじつ》の長《ちょう》があったたな」

「な、なに……⁉」

足の裏から腰、腰から腕へと、力を連動させる。

祖父《じい》さんに嫌というほど鍛えられた動きだ。

思い切り押し出すと、エギルが尻もちをつく。

「ク……クハッ⁉」

「ハァ……なんとか勝ったか」

「参った……いやはや、見事である。我も、もっと研鑽《けんさん》を積まなくては」

俺はエギルを引っ張り起こす。

「エギル、これからもよろしくな」

「ああ、友よ。こちらこそだ」

仲間がいて、友達がいて、家族がいる。それに好きな人まで……俺は幸せ者だな。

◆

翌朝、俺は約束した通り、クラリスと出かける準備をしていた。

食事を済ませて、朝の鍛錬を終え、お留守番のみんなに見送られる。

「ゴラン、すまないが後を頼む」

「へいっ！　お嬢とセツさんは、このゴランが命に代えても守ってみせやす！」

今日は俺一人で行くつもりだ。

セツやノエルも連れて行こうかと思ったのだが……昨夜みんなに「さすがにそれはない」と、ダメ出しされてしまった。

セツがいれば、喜ぶかと思ったんだが、俺一人と出かけて、クラリスは楽しいのだろうか。

そんなわけで……俺はハンターギルドを訪れる。

「あれ？」

ハンターギルドの入り口には、すでにクラリスが待っていた。

「あれ？　待たせたか？」

「いいえ、そんなことないわ。少し楽しみで待てなかっただけよ」

……そ、そんなに楽しみなのか。ふむ、嬉しいものだな。

「俺一人だけどいいのか？」

「……というか、一人じゃなかったら怒るわよ。デートって言ったじゃない」

「い、いや、それはわかっているんだが……」

デートなんて慣れていないし……まして相手がエルフだと、さっぱり勝手がわからない。

「ふふ、まあいいわ。きちんと一人で来たから。どうせ誰かに言われたんでしょうけど」

「ご名答……みんなに一人で行けって言われたよ」

「あらあら、彼らに感謝しないとね。さあ、行きましょう」

「馬はどうする？」

「私とヒュウガなら走った方が速いし」

「わかった。では、早速出かけるとしようか」

「ふふ、狩りとはいえ……デートの開始ねっ！」

クラリスが思わずといった様子で笑みをこぼす。

以前、クラリスは俺並みのスピードで走ったことがあった。ステータスは、俺の方が高いのに。

ずっと気になっていたので、聞いてみる。

「前にクラリスが随分速く走っていたが、アレはなんだ？」

「ああ、アレね。簡単よ。脚に風を纏わせたのよ」

「脚に風……風魔法で自分を押し出す感じか？」

「うーん……合っているかしら。感覚的には、滑《すべ》りながら走る感じね」

滑りながら走る……なるほど、スケートみたいな感じか。

「言っておくけど、エルフ固有の技だからね？　風に愛されてないと」

「へぇ、そういうのもあるのか」

「ほらっ！　そんなことより行くわよっ！」

町を出た俺達は、会話を終えワイバーンのいる山へと走り出す。

「やっぱり良いわねっ！　全力で走ってもついてこられる人がいるって！」

「それには同感だな」

セツやゴランもそうだが、エギルでさえ俺の最速にはついてこられない。

しかし、クラリスは風を纏えば俺と並走が可能なようだ。

「気持ち良いわ……何百年ぶりかしら」

「思い出になりそうか？」

「もちろんよっ！　こんなに速い人なんていないんだからっ！」

そう言って、子供のようにはしゃぐクラリスを見て……なんだか、温かい気持ちになる。

「同じ種族にはいないのか？」

「うーん……私って、少し特別な存在でね。エルフの中でも古い血を持っているというか……だから、他のエルフより能力が優れているのよ」

「へぇ、俺はクラリスしか知らないからなぁ」

「会ったらびっくりするわよ？　性格悪いし、理屈臭いし、他種族を見下すし。自分達が一番優れた種族だと思っているのよ、そんなわけがないのに」

そう言って、クラリスは自嘲《じちょう》する。

「じゃあ、俺は運が良かったな。こんなに楽しくて温かみのあるエルフに会えたんだから」

見ず知らずの俺に、色々教えてくれたし、親切にしてくれた。セツやノエルも可愛《かわい》がってくれている。

クラリスは照れくさそうに笑って、そっぽを向いてしまった。

「えいっ！」

――かと思ったら、いきなり背中を叩かれた。

「イテッ！」

「ヒュウガ！　貴方は良い人間ねっ！」

「……褒《ほ》め言葉として受け取っておくよ」

まあ、物凄くご機嫌だから良いか。

そして、あっという間に、以前ワイバーン狩りに来た岩山に到着する。

「さて、ではどうする？」

俺はクラリスに話しかけるが、彼女は先程までとは一転して、神妙な顔をしている。

「風の様子がおかしい……？」

「えっと……」

「あっ、ごめんなさいね。少し風がざわついていた気がして」

「へぇ、虫の知らせみたいなことか。わかった。心構えをしておこう」

周囲を警戒しながら山を登りはじめるが、今のところ特に問題はない。

やがて、ワイバーン達の姿がちらほらと見えてきた。

「あっ、いたわね」

「あれ？　前はもっと高い位置にいたんだが……それに数が少ない。狩りにでも行っているのか？」

「それもあるわね……いいわ、ある意味チャンスだし」

「それで、作戦はどうする？」

「卵やワイバーンを傷つけるわけにはいかないし……私が風で奴らを集めるから、ヒュウガがトドメをお願い」

確かに、あまり傷をつけない方が良いか……

「ヒュウガもB級だからね。これからは依頼主の意向や、自分で考えてやっていかないといけないわよ？」

「うっ……善処する」

「いいわ、私が教えてあげるわよ。貴方って常識人に見えて、意外ととんでもないことしそうだし。だから、私が見ていてあげないとね。さあ、いくわよ？」

「おう、俺は上で待機している」

俺は槍を持って岩場を飛び跳ねていき、手頃な岩陰に隠れる。

「風よっ、私の願いを聞いて――トルネード！」

クラリスが強そうな魔法を放ち、彼女を中心に風が渦巻《うずま》く。

しかし、音は凄いが……敵に当たっていない？　どういうことだ？

いや……あれは、魔法で風の流れを変えているのか？

上空にいるワイバーンが、その風に吸い寄せられて、高度を落とす。

なるほど、攻撃だけでなく、こういうやり方もできると。

「ヒュウガ！　魔法を解くわよ!?」

「おう!!」

魔法が消えると同時に、俺は岩場から飛び出す。

「クギァァ!!」

「ゲァァ！」

俺はワイバーンの上に乗り、その首を落とす。

次の獲物に飛び移り、続けざまに仕留めていく。

「クラリス！」

「わかっているわっ！　風よっ！」

風が吹き、仕留めたワイバーンの死体がゆっくりと落ちていく。これならば、傷つけることもあるまい。

そして、俺は四匹のワイバーンを仕留めた。

「ふぅ……どうだ？」

「良い状態よ。首だけが見事にないしね」

「ほっ、よかった」

「さあ、他のが来ないうちに、卵を拾いに行きましょう」

最初に奴らがいた場所の近くを探すと、斜面に洞窟《どうくつ》が見つかった。

中は巣になっており、俺はそこから卵を回収する。

「よし、これだけあれば……」

と一息ついたところで、クラリスが警告の声を上げる。

「ヒュウガ！」

「どうした⁉」

慌てて、洞窟内から出ると……巨大な影が視界を埋め尽くした。

あまりに大きくて、まるで全貌《ぜんぼう》が見えない。

「な、なんだ？」

「ヒュウガ！　上よ！」

上を見ると……突然、巨体な火の塊《かたまり》が降ってきた！

「まずいわね！　私では相性が悪いわっ！」

「失礼する！」

「きゃっ⁉」

俺は華奢《きゃしゃ》なクラリスを抱え、その場から離脱する。岩場を跳び、ひたすら山を登っていく。

そして……ようやく相手の全貌が見えた。

「龍……？」

ちょっとしたビルほどの大きさの胴体から太い手足が出ており、背中にはその巨体に見合った大きな翼がある。体表は真っ赤に染まった鱗《うろこ》に覆われ、顔は俺が知っているドラゴンそのものだ。いわゆる、西洋的なタイプの龍だ。

それを見て、クラリスが驚愕の声を上げる。

「なんで、こんなところにいるのよ⁉」

「珍しいのか？」

「当たり前よっ！　この大きさは成龍！　Aランク案件よ！　下手をすると……Sだわ」

その直後、地響きのような声が響き渡った。

『我がナワバリを侵した者よ……死ね』

「喋《しゃべ》った⁉」

「高位の存在であるドラゴンは話すことができるわっ！　ただ……今は、話を聞いてくれそうにないわね。完全に頭に血が上って、敵だと思われているわ」

俺達の頭上から、火の塊が次々と降り注ぐ。

「ヒュウガ！　貴方でも当たれば危険よ！」

「わかっている！」

死ぬイメージは湧かないが、試したくもない。

さらに岩場を登っていき、広い場所を探す。

『待て!!　許さんぞぉぉ――!!』

ドラゴンは怒りの声を発して、俺の後を追ってくる。

……何をそんなに怒っているのかと疑問を感じつつも、なんとか広い空間に到着した。

そして、ひとまずクラリスを下ろす。

「さて、すぐに追ってくるな。それで、なんで怒っているんだ？」

「ドラゴンは縄張り意識が強いのよ。きっと、最近この辺に来たのね。ここはワイバーンがいるから、餌には困らないし」

「ワイバーンを食べるのか。でも、ワイバーン達は逃げないんだな？」

「ワイバーンは岩場にしか住めないわ。それにドラゴンがいることで、人間に狩られる心配もなくなるわ。ドラゴンに食べられるより、人間に狩られる数のが多いから」

「……代わりに守ってもらうと。ある意味では共存関係か」

自然界ではよくあることだから、それは理解ができる。

「それで、どうすれば良い？」

「本来、ドラゴンは理知的な生き物よ。むやみに人を襲わないし、無益な戦いはしないわ。それに、相手の強さもわかるはず」

「とてもそうは見えないのだが……」

上空のドラゴンは、明らかに怒りで我を失っているように見える。

「まあ、まずは冷静になってもらうためにも……ガツンといきましょう。ヒュウガがいて良かったわ。お願い、力を貸してくれる？　ドラゴンは個体数が少ないから、あまり殺したくはないの」

「わかった、できるだけ殺さないようにする。クラリス、俺が奴の目を覚まさせればいいんだな？」

「ヒュウガ……ありがとう。ふふ、やっぱり貴方って最高ねっ！」

『ここにいたかっ！』

軽く十メートルを超える巨体が地上に降り立つ。どうやら、二本足で立つタイプのようだ。

すでに大剣を構えていた俺は、そのまま接近する。

『小癪《こしゃく》な！』

まるで大木のような腕が振り下ろされる。その爪一本一本が、俺の剣と同じサイズだ。

だが――俺は剣を水平に払う。

大剣と爪が激突し、俺の身体が衝撃で僅《わず》かに後退する。

「くっ⁉」

この世界に来て、初めて力負けしたな。なるほど、最低でもAランクということか。

さて、そうなると手加減が難しいか……本気で戦っても勝てるかどうかだ。

『我の爪が弾かれた？　たかが人間ごときに？』

ドラゴンの方も少し戸惑っている様子だ。これならいけるか？

「なあ、俺達は敵じゃ……」

『……その強さは人外クラス！　我を殺し、さらなる力を得ようというのだなっ！　許さんぞぉぉ
――！』

なんか、盛大な勘違いをされているような……

「ヒュウガ！　退いて！」

「おわっ!?」

突然、俺の真横をクラリスの風魔法が通り過ぎる。しかし、ドラゴンが放った火の玉とぶつかって、風の玉が消滅してしまう。

俺は飛来する火の玉を大剣で打ち払う。

「参ったわね……水属性じゃないと厳しいわ」

クラリスが歯噛みする。

確か、風は火に弱く、火は水に、水は土に、土は風に弱い、という相性だと聞いたな。

『うぬぅ、はぐれエルフまで！　人間と手を組むとはっ！』

「うるさいわねっ！　そっちこそ何よっ！　いきなり襲ってきて！」

「お、おい？　そんなに喧嘩腰《けんかごし》では……」

俺はクラリスを窘《たしな》めるが……

『クギャャアァ――‼』

鼓膜《こまく》を破るような声が響く。

『我が同胞の恨《うら》みを思い知れ――ヘルファイア』

次の瞬間――目の前が紅《あか》く染まる。

「クラリス！　俺の後ろへっ！」

視界を覆い尽くす炎……なんという範囲だっ⁉　逃げ場はない……ならば！

俺は剣を上段に構え、炎が近づくタイミングで……全身全霊の力を込めて振り下ろす！

「ハァァァ‼」

気合いと共に放った俺の斬撃の軌跡に沿って、炎の奔流《ほんりゅう》が真っ二つに裂ける。

ドラゴンとクラリスの驚きの声が重なる。

『バ、バカなっ⁉　我がブレスをぶった切っただと⁉』

「す、凄いわね……まさか、あのブレスを真っ二つにするなんて」

「いや、俺だけの力じゃないさ。ノイス殿の剣のおかげだよ」

ノイス殿がくれた剣じゃなければ、高熱で溶けていただろう。

「あのドワーフね……ムカつくけど、今は感謝しておくわ」

『我のブレスを斬るほどの業物《わざもの》……それはドワーフの剣！　欲しいっ！』

突然、ドラゴンの目の色が変わった。殺意よりも興味が上回っている様子だ。

「はい？」

「ドラゴンは財宝とかレア物が好きなのよ。そういう稀少品《きしょうひん》を集める習性があるの」

「へぇ、そういうものか」

だが、どうする？　殺してはいけないといっても、このままでは……

「なあ、殺さなければ良いんだよな？」

「え、ええ……」

「どこなら斬っても平気だ？」

「……尻尾かしら？　確か、再生するはずよ」

まるでトカゲだな。

「よし……ではクラリス、奴に隙を作ってもらえるか？」

「いいわ、任せなさい……特大のをかましてあげるわ……！」

どうやら、クラリスは先程撃ち負けたことが相当悔しかったらしく、闘志を漲《みなぎ》らせている。

「では、俺は魔法が発動するまでの時間稼ぎといこう」

再び、爪と大剣が交差する。

『フハハッ！　お前を殺して、その剣を頂く！』

「趣旨が変わってるじゃねえか！」

剣一本では手数が足りない。両腕から繰り出される攻撃を防ぐだけで精一杯だ。

『フハハッ！　そんなものかっ！　死ねぃ！』

「こっちが何をしたか知らないが……いきなり攻撃してきて、終《しま》いには剣を頂く⁉　ふざけるなァァァ！」

苛立ちに任せて渾身《こんしん》の力を込めて、爪を叩き折る。

『グァァァ――⁉』

ドラゴンが怯《ひる》んだ隙に、クラリスに合図を出す。

「クラリス！」

「ええ！　避けてねっ！　……風の精霊よ、我が友よ、古《いにしえ》の盟約により、汝《なんじ》の力を我に貸したまえ――シルフィード！」

クラリスの手から直径三メートルを超える風の塊が発生し――ドラゴンに直撃する。

それを胴体に食らったドラゴンの大きな体がよろめく。

「今よっ！」

「おうっ！」

すでに走る準備をしていた俺は、すぐにトップスピードに到達する。

そのまま、奴の後ろに回り込み……

『や、やめろオォォォ――⁉』

「はっ！」

大木のような尻尾の先を切断する。

『ギャヤャー!?』

絶叫とともに、ドラゴンが地に伏せる。

「さて……これで、どうなる？」

というか、この尻尾……食べても良いんだろうか？

なんか、良い感じにサシが入っていて、臭みもない。めちゃくちゃ美味《うま》そうだけど。

「ヒュウガ！」

「おう、凄いな。あの、シルフィードって魔法？」

「まあ、風魔法で最強の技だからね。本当ならもっと威力があるけど、今の私ではこれが限界ね」

そこで、倒れていたドラゴンの身体がピクリと動く。

『な、何故トドメをささなかった？』

「いや、殺しちゃダメだって言うから」

クラリスが話を引き継ぐ。

「貴方はレッドドラゴンの成体ね？　アンタ達は、ただでさえ数が少ないんだから。これ以上減ったら困るわ」

『いかにも、我はレッドドラゴン。そう言うお主はハイエルフか。何故にハイエルフがこんなところに？』

「簡単よ、引きこもりに飽きたのよ」

『フハハッ！　良い答えだっ！　あの口煩いエルフの連中とは違うようだっ！』

「まあ、そうね」

『それにしても、ハイエルフと一緒にいる人間……我を倒すその力……もしや勇者か!?』

「はい？」

え？　三十路《みそじ》で勇者とか、きついんだが。

「違うわ、ヒュウガは勇者じゃないけど、異世界人で……」

『異世界人なのに勇者じゃないとは、これいかに？』

ドラゴンが首を傾げている。

「異世界人って、みんな勇者なのか？」

漫画なんかではよくある設定だけど。

「そういうわけじゃないわ。こっちに来て生き残れる異世界人は、大体名を残すわ。その中に、勇者と呼ばれる人がいたってだけよ」

クラリスはそう答えると、ドラゴンに向きなおった。

「話がややこしくなるから、まずは貴方が事情を話しなさい。何せ、敗者ですもの」

『うぬぅ……致し方あるまい。我はまさに敗者なのである。ある日突然、変な男が現れて、そいつに負けて逃げてきたのだ。まさかドラゴンたる我が、人族《ひとぞく》に連続で負けるとは……』

「えっ!?　あなたを負かす人間が他にも？」

『うむ、奴は強かった。負けたのは我の実力不足だが……おかげで我は縄張りを追放され、あてもなく彷徨《さまよ》う羽目になった』

「それで、ここに来たってこと？　餌《えさ》であるワイバーンがいるから」

『うむ。他のドラゴンもいないし、弱い魔物しかいなかった。ぐぬぬ……ようやく安住の地を見つけたと思ったのに……』

心なしか、ドラゴンは泣きそうに見える。なんか可哀想《かわいそう》になってきたな。

『して、強者よ……異世界人とな？』

「ああ、ヒュウガだ。こっちはクラリス。アンタの名前は？」

『我が名はドレイク』

「そうか、よろしくな。ところでクラリス、ドラゴンっていうのは、全員こんなに強いのか？」

「いいえ、ドラゴンの中でも強い個体よ。弱い個体だと、ゴランクラスでも倒せる場合もあるわ。といっても、ゴランも十分に強いんだけど」

『勇者じゃないのに我より強いとは……あの男より強いかもしれんな』

ドレイクは何やらブツブツ言っているが、とりあえず、その男は置いといて……

「ドレイク、これからどうするんだ？」

『で、できればここに住まわせてくれると助かる』

「うーん、どうしようかしら？　ギルド的にも色々考えないといけないわねー。今まで人を襲ったの？」

『そんな真似はしとらん。というか、我が襲われることはあっても、襲うことはない』

「いや、俺達は襲われたけど？」

『す、すまぬ……少し気が立っていてな』

俺のツッコミに、ドレイクが視線を泳がせる。

「まあ、事情を考えると仕方ない部分はあるわね。ここでは、私達が初めてってことね？」

『うむ、こちらに来てからは人に会うこと自体が初めてだ』

「そう。私達も生きてるし、ある意味で、貴方はラッキーだったわね。もし人に手を出していたら、さすがに庇《かば》えないし」

『う、うむ……言われてみれば。お主達は、あの男とは違って我を殺す気がなかったしな』

「というわけで、ヒュウガ。できれば許してあげてほしいんだけど……」

「ああ、良いよ。クラリスが言うなら、仕方ないさ」

俺がクラリスに頷くと、ドレイクは不思議そうに首を傾げる。

『よいのか？　我を倒せば、さらに強くなれるというのに……さらには、ドラゴンスレイヤーという称号も得られる』

「ああ、名声はもう十分すぎるほどだし。ただ……これ、食べてもいいかな？」

俺は一メートルほどの尻尾を指差す。肉質は良さそうだし、食べ応えもある。

『うむ、問題ない。尻尾ならまた生《は》えてくる』

「ありがとうございます。美味《おい》しく頂きますね」

もう敵ではないので、きちんと礼を言って、お辞儀《じぎ》する。

『クク……フハハッ！　いやはや、異世界人とは面白い。我を殺せる力があるのに殺さず、ましてや礼を言うとはな』

「まったくね……でも、ヒュウガが特別なだけよ。他の異世界人も見てきたけど、欲深い人間もいたわ」

「過ぎたる欲望は身を滅ぼすって言うし。いくら力があっても、それをむやみに振り回すような真似はしたくない」

『うぬぅ……奴に聞かせてやりたい。とにかく気に入った！』

ドレイクは感心した様子でそう言うと、自分の爪で鱗を剥《は》ぎ取《と》って、俺に差し出した。

「あら、ドラゴンの鱗ね。これがあれば、良い武器や防具が作れるし、売れば大金になるわ」

『あとは、お主が折った爪も持っていくがよい』

「おおっ！　ありがとう！　領主さんからの報酬と合わせれば、これで家が買えるかも！」

あっ、でも、ゴランやノエル達の装備を整えてやりたいな。

『うむ！　では、我はこれにて。もし用があるならいつでも来るがいい、気配は覚えた』

「貴方、ここには他のハンターも来るわ……わかってるわね？」

立ち去ろうとするドレイクに、クラリスが釘を刺す。

『うむ、襲わないと約束しよう』

「ならいいわ。こっちでも通達は出すから。それでも襲ってきたら反撃していいわ。でも、もし無関係な人を襲ったら……ヒュウガを行かせるわ」

『き、肝《きも》に銘《めい》じておく……まだ嫁さんもいないのに死にたくはないのでな』

二人とも、人をなんだと思っているんだ？　ドラゴンとハイエルフにまで人外扱いされるとは……いや、もういい加減諦《あきら》めてはいるけど。

「そういえば、貴方はどこに住んでいるの？」

『人がなかなか上がってこられぬ頂上付近にいる。命を見逃してもらった身だ。何かあれば力になろう』

話が終わると、ドラゴンは飛び去っていった。

「いや、なんというか……疲れたな」

「ふふ、でも楽しかったわ。なかなか刺激的な冒険だったし」

「なら良かったよ。これで少しは恩返しができて。何より、一緒にいたのがクラリスで良かった」

「ど、どういう意味よ？」

クラリスが何故か頬《ほお》を赤らめてモジモジしはじめた。

「いや、他の連中だとドラゴンとは戦えないだろうし。エギルやゴランなら戦えるけど、二人とも近接タイプでバランスが悪いしな」

「……そう」

さっきとは一転して、クラリスが不機嫌そうな顔に変わっている。

まずい……何かわからないが、彼女が気《き》に障《さわ》ることを言ってしまったのは確かだ。

俺は慌てて取り繕う。

「ほ、ほらっ！　クラリスは頼りになるし！　背中を預けられるっていうか！」

「まあ、いいわよ。元々期待はしてないし、まだまだ時間はあるしね。しばらくはユリアに譲るとするわ」

「……なんで、そこでユリアの話に？」

「そんなのは自分で考えなさい。まったく……あの子も苦労するわね。ふぅ……」

クラリスはそう言って、大きなため息をついた。

それにしても、彼女は何やら疲れた様子に見える。

「疲れたか？」

「まあね。魔力を相当使ったから……さすがにシルフィードはきついわ」

「それって風の精霊ってやつか？」

「そうよ。四大精霊の一柱が一つ、風の王シルフィードよ。ちなみに、他にも火の王サラマンダー、水の王ウンディーネ、土の王ノームがいるわ」

「へぇ、見えないけど、精霊ってものが存在しているんだな」

「一つの独立した存在と言うよりも、そこかしこに宿っているって認識ね。湖や川には水の王が。火山や暖炉には火の王が。畑や農地には土の王がって感じにね」

「つまり……風の王は、この周りにいるってことだな？」

「そうよ。風は空と大地に常にあるわ。それらを集めて放ったのが、あの魔法ってわけね」

「なるほど、勉強になるよ」

「ふふ、また機会があれば教えるわ。さあ、帰りま……ぅ……」

「お、おい⁉」

倒れそうになるクラリスを、俺はとっさに支える。

どうやら、相当消耗しているのに、やせ我慢をしていたようだ。

「なんですぐに言わない⁉」

「ご、ごめんなさい。だって……ヒュウガにとって、頼れる者でいたいもの」

「まったく、十分に頼れる女性だよ。ほら、背負っていくから、乗って」

俺はクラリスに背を向けて促《うなが》すが、彼女は躊躇《ちゅうちょ》して後ずさる。

「へっ？　……い、いいわよ！　別に！」

「頼むよ、嫌だと思うけど、心配だ」

「い、嫌じゃないわよ！　……わ、わかったわ」

改めて、クラリスを背中に乗せる。

しかし、羽のように軽いな。同時に、柔らかな感触があるが、気にしてはいけない。

「よし、では行くぞ」

「う、うん……」

こんなにしおらしいクラリスは初めてだな……

俺はクラリスに負担がかからぬように、慎重に走り出した。

そして、昼過ぎには町に帰ることができた。


「ここで降ろしてちょうだい」

町に入ったところで、クラリスが俺に声をかけた。

「ん？　ああ、見られたら恥ずかしいか」

「そんなことないけど……よっと」

クラリスが俺の背中から軽快に飛び降りる。

「よし、平気そうだな」

「ええ、おかげ様でね。ありがとね、ヒュウガ」

「いや、これくらい構わないさ。さあ、行こう」

ひとまずハンターギルドに向かうが、クラリスが入り口で立ち止まる。

「じゃあ、ここでいいわ」

「ん？　中に入って報告とかはいいのか？」

「私が一緒にいたしね。私が手続きをしておくわ。貴方は他にやることがあるでしょう？　その代わり……」

「ああ、アイスクリームやパンケーキを作るよ」

「ふふ、楽しみにしているわね」

ギルドに入っていくクラリスを見送って、俺も宿に戻る。

宿の庭では、ノエルとセツが遊んでいた。

俺は足元にまとわりついてくるセツを抱き上げ、ノエルの頭を撫でる。

「お父さん！　お帰りなさい！」

「ただいま、二人とも。ご飯は食べたか？」

「ゴラン叔父さんがお店屋さんに連れていってくれましたっ！」

「おお、そうか。では、礼をしないとな」

「あ、兄貴……お帰りなさいませ」

振り返ると、満身創痍《まんしんそうい》のゴランの姿があった。そしてその隣にはエギルがいる。

「何があった、ヒュウガ？　お主にしては、疲労が見えるが……？」

「実は……」

エギルの質問に答え、俺は今日の出来事を説明する。

「なるほど……ドラゴンか」

「さすがに驚いたよ」

「ハハッ！　驚くだけで済むのが、お主の凄いところよ！　我ですら、勝てるかどうかわからん相手だというのに。とにかく、無事で良かった」

話を聞いたエギルが肩をすくめた。

部屋に戻った俺は、早速依頼のパンケーキ作りに取り掛かる。

ちなみにゴランはまたエギルに連れ出されている。

「卵は大量にあるし、牛乳やバターもある。そういえば、今更だけど、蜂蜜《はちみつ》ってないのか？」

「お父さん、蜂蜜って？」

「蜂が集めた花の蜜だ。こう、甘い匂いがして、ねばーっとしているんだけど」

「うーん……わかんない。でも美味しそう！」

「キャン！」

ノエルとセツは蜂蜜を食べたことがないようだ。もしかしたら卵と同じようにあまり出回っていないのかもしれないな。

まあ、ないものを考えても仕方ない。ひとまずは、あるもので代用していこう。

「お父さん、手伝うよっ！」

ノエルはエプロンをつけて、お手伝いしてくれるようだ。

「ああ、頼む。ありがとな」

「えへへ～、撫でられた……」

以前と同じようにパンケーキの元を作り、ノエルと二人で順次焼いていくが……

「クゥーン……」

セツが耳と尻尾をペタンとさせている。「自分も何かしたい病」だな。

子供から大人になる過程で、誰もが通る道だ。

もちろん、前回のパンケーキ騒動を教訓に、セツにしかできない仕事を考えてある。

「セツ、これが終わったら、お前には大仕事が待っている。だから、それまで待っていなさい」

「クゥン？　……ワフッ！」

耳がピンと立ち、尻尾を振りはじめる。

やれやれ、図体がでかくなっても変わらんな。相変わらず可愛い息子だ。

セツは嬉しそうに「キャン！」と鳴き、近くのソファーでお座りする。

よし、これでいいだろう。

さて、ユリアとクラリス、ゴランやエギルにもパンケーキをあげたいし……商店街のみんなにも配りたい。そうなると、何枚必要になるんだ？

その後、俺はノエルと一緒にひたすらパンケーキを焼き続けた。

「ふぅ……お疲れ様、ノエル」

「ふえ〜、腕がパンパンですぅ」

「相当作ったからな。さあ、ゆっくりしていると良い」

結局、一時間くらいかけて、大量のパンケーキを焼き上げた。

「た、食べてもいいですか？」

「キャン！」

ノエルとセツが待ちきれない様子で見上げてくる。

「ああ、もちろんだ。セツもまずは食べなさい。それが終わったら、お仕事開始だ」

「わぁーい！　セツちゃん、食べよ！」

「キャウン！」

席に着き、二人は幸せそうにパンケーキを頬張っている。

……良い光景だ。大切な人が自分の作る料理で喜んでくれるというのは、料理人冥利につきるな。

そんなことを考えながら、俺もブドウソースでパンケーキを味わった。

みんなでおやつを食べ終えたところで、セツに仕事の説明を始める。

「セツ、いいか？　お前には、氷を出してもらう」

首を傾げて話を聞くセツの可愛さにやられそうになるが……

「コホン！　セツは氷が好きだな？　その氷で、みんなを笑顔にできるんだ」

「ワフッ⁉」

セツはよく、自分のブレスで凍らせた地面の上を滑ったり、氷を宙に撒いて、全身にこすりつけたりしている。多分、水浴び感覚なのだろう。

そして、その氷が食えることはわかっている。

「ふふふ……そうだな、まずは軽く氷を出してくれ」

「キャン！　コォォー……」

セツが息を吐きかけ、直径三十センチほどの氷の塊が完成する。

「よし、これを……」

俺はキッチンにあったおろし金を取り出すと、氷をおろしていく。

部屋にゴリゴリゴリゴリゴリゴリという音が響く。

それを見て、ノエルとセツが歓声を上げるが……

「うわぁ……！　凄い！」

「ワフッ！」

「……いや、これじゃダメだな」

氷を削る手応えも硬い感じになっている。俺が目指しているのは、雪みたいにフワフワのかき氷だ。

「クゥーン……」

上手くいかなかったと察し、再びしょんぼりモードのセツである。

「セツ、もう少しフワフワというか、柔らかい感じにできるか？　確か、空気を含むと良いと聞いたことがある」

「……ワフッ！」

そして、再びやる気スイッチが入ったセツが、氷のブレスを吐く。

「さあ、柔らかく、フワフワだ」

「コォォォ……」

さっきまでは透明だった氷が、白い氷に変化している。

「おっ、これなら……」

「うわぁ～！　綺麗！」

「どれどれ……」

おろし金でおろしていくと、今度は、シャリシャリシャリシャリという軽快な音になった。

「あれ？　さっきと音が全然違うね？」

「いや、これでいい……成功だっ！　セツ、よくやった！」

俺の期待通りのふわふわ氷の完成だ。

「セツちゃん！　やったねっ！」

「キャウン！」

「これにオレンジソースをかけて……かき氷の完成だな」

器に盛った氷に用意しておいたソースをかける。

「でも、ただの氷だよー？　美味しいの？」

「ふふふ、そう思うよな？　まあ、試してみるといい」

テーブルにつき、味見をする。

シャク、シャク、シャクシャクと心地よい音がする。あぁ、懐《なつ》かしい……

「えっ？」

「ワフッ？」

ノエルもセツも、美味しさに驚いているようだ。

シャクシャクシャクシャクシャクシャク……

三人とも止まらずに、ひたすら食べ続ける。

ノエルはなんで美味しいのか理解できないって顔だな。

セツは興奮して走り回っている。

もしかしたら、フェンリルは雪を食べる習慣がある魔物なのかも。

「なっ？　美味しいだろ？」

「うんっ！　少し頭がキーンとしたけど……」

「ははっ！　急いで食べすぎだな」

「これ、絶対に売れます！」

「ああ、俺もそう思う。この地域は温暖で、寒い日もないから、いつ食べてもいいしな」

しかも、ソースを用意すれば、氷はセツの魔力さえあればいくらでも作れる。

「セツ、お前には大仕事が待っているぞ。覚悟しておけ」

「キャウーン！」

「ふふ、セツちゃん喜んでます！　ずっと役に立ちたいって言ってたもんねー」

「ワフッ！」

「さて……では、俺はパンケーキをみんなに届けてくるとしよう」

ノエルとセツにはお留守番をお願いしておく。

俺は作ったパンケーキを、大容量で中に入れた物の鮮度を保存する機能のある『魔法《まほう》の壺《つぼ》』に仕舞って、宿を出た。

◆

再びハンターギルドに行くと……

「あら、ヒュウガ」

クラリスはすっかり元気を取り戻して、書類仕事をしていた。

「ちょうど良かった、クラリス。まずはこれを」

「ふふ、例のパンケーキね？　ありがたく頂戴するわ」

「それで、領主さんに配達先はギルドに聞けって……」

「ああ、そういうことね。私が案内するわよ。そうした方が、色々手続きがいらなくなるわ」

「ありがとう、クラリス」

「いいわよ、どうせ暇だし」

そう言って、クラリスは席を立つが、その後ろでは職員達が絶望の眼差《まなざ》しを向けている。

……見なかったことにしよう。

ギルドを出てクラリスについていくと、大きな屋敷の前に到着した。

「この辺りは来たことがないな」

周囲には大きな建物が多く、道行く人の多くは豪華《ごうか》な格好をしている。

「まあ、富裕層が住んでいる場所ってことね」

「なるほど、そういうことか」

門番が俺達に気づいて一礼する。

「これは、クラリス様。いかがなさいましたか？」

「アイザックに用があるわ。ヒュウガという男を連れてきたと伝えてちょうだい」

「はっ！　少々お待ちください！」

しばしその場で待っていると……

「ヒュウガ殿！」

門から飛び出してきたのは、アイザックさんその人だった。

「アイザック様！　お待ちください！」

門兵が必死に止めている。

「ええいっ！　放せ、パンケーキが俺を待っている！」

乱心したアイザックさんを見て、クラリスが苦笑する。

「やれやれ、大人になったと思ったら……相変わらずね」

怖い人かと思ったけど、どうやら愉快な方のようだ。

落ち着きを取り戻したアイザックさんに案内され、俺達は屋敷の中に入る。

そして、執務室と思《おぼ》しき部屋に通された。

「ゴ、ゴホン！　見苦しいところを見せてしまったな」

娯楽の少ない世界では、未知の食事が魅力的に映るのは当然のことだ。

「お気になさらないでください。未知の食べ物とは、それだけの魅力がありますから」

頭を下げるアイザックさんを見て、クラリスが悪戯《いたずら》っぽく笑う。

「ふふ、まるで若い頃のようだったわね？」

「う、うるさい！　この若作りめ！」

「あら、ありがとう。でも、私はまだ若いのよ。エルフの中ではね」

「知るか、そんなもの。出会った頃から変わらない姿をしおって」

「えっと……お二人は知り合いなんですか？」

随分遠慮がないやり取りをしているので尋ねると、クラリスが頷いた。

「ええ、この子が領主になる前からね」

「私が前領主の補佐についていた時からだから……二十年にはなるか」

「私は当時からギルドマスターだったから、嫌でも顔を合わせることになるってわけ」

嫌そうな顔をしてクラリスが言う。

「こっちだって勘弁してほしい。いつまでも居座りおって、これでは改革もままならない」

「あら、ギルドは自治権が認められているのよ？」

「俺の庭で自治権など認めない」

「なら、ハンターを追い出す？　ダンジョンが栄えているこの辺境で？　それとも、力ずくでやってみる？　いいわよ、潰してあげる」

「くっ……相変わらずの女だ」

「褒め言葉として受け取っておくわ」

アイザックさんとクラリスが、何やら火花を散らしている。

「……仲が悪いのか？」

「良くはない」

と言う割には、息がぴったりだが。

「それより、例の物を頂けるかな？」

「あっ、はい、これですね」

俺は『魔法の壺』からパンケーキが載った皿を取り出し、アイザックさんに渡す。

「おおっ！　これだっ！　感謝する！」

「これで依頼達成ということで良いですか？」

「ああ、もちろんだ。まさか、こんなに早く来るとは思わなんだ。どうやら、仕事もできる男のようだな」

「いえ、俺だけの力ではありません。クラリスが手伝ってくれましたから」

「どういう風の吹きまわしだ？　お前が手伝うなど……」

アイザックさんはクラリスに怪訝《けげん》そうな目を向ける。

「私のお気に入りなのよ、ヒュウガは。わかっていると思うけど……彼に何かしようものなら、私に喧嘩を売ったとみなすから」

「心配せんでも、それはない。ユリア様にも言われているし、私自身も利益さえ出してくれるなら、文句は言わん」

「えっと、よくわからないんですけど……」

「気にしなくていいわ。貴方は、貴方らしく生きていればいいから」

「うむ、その力を辺境のために使ってくれるなら、私もそれで良い」

「は、はぁ……」

とりあえず……今まで通りにやっていれば良いということか。

「それで、お前は何しに？」

「ヒュウガの付き添いと、報告よ。ワイバーンの山にドラゴンが現れたわ」

「……なに？」

クラリスの報告を聞き、アイザックさんの眼差しが一瞬で真剣なものに変わる。

「ヒュウガと私で説得はしておいたから。だから、貴方達もむやみに刺激しないでね。手出しする者がいたら反撃していいって、伝えてあるから」

「勝手なことを……だが、町を襲う気はないんだな？」

「ええ、もちろんよ。ドラゴンは本来なら理知的な生き物だもの。自ら人間を襲うことはほとんどないわ。仮に襲った場合、ヒュウガと私で仕留めるわ」

「わかった、では通達をしておこう」

「ええ、私の方でもそうするわ」

「では、こちらの兵を回して……」

「いや、それなら依頼という形でハンターを……」

二人は真剣な表情で議論を交わしている。なんというか、仲が良いのか悪いのかわからないな。

その間、俺は暇だったので、思考を巡らせる。

かき氷はこれで良いとして……やっぱりアイスクリームも作っておきたいな。

そうこうしているうちに、話し合いが終わったようだ。クラリスとアイザックさんが俺の顔を覗き込んでくる。

「ヒュウガ、終わったわよ」

「何やら考え事をしていたようだが？」

「ええ、新しい料理についてです」

新しい料理と聞いて、二人が揃って身を乗り出す。

「何⁉　それはどのようなものなのだ？」

「ふふ～ん！　ダメよっ！　私が一番に予約してるんだから！」

「アイスクリームといって、甘くて冷たいデザートですね。卵を使う料理で、パンケーキにも合いますよ」

レストランなんかに行くと、よく乗っかってるし、間違いない組み合わせだ。

「聞いてるだけで美味しそうだわ」

「わ、私にも売ってくれるか⁉」

「ていうか、貴方。まずはヒュウガに報酬を払いなさいよ」

「むっ？　しまった、私としたことが。すまない……これだな」

アイザックさんは慌ててずっしりとした袋を俺に手渡した。

「ありがとうございます、確かに頂きました」

「確認はしないのか？」

「ええ、こういうのは信用だと教わっていますから。もし約束の額よりも少なくされるようなら、次からは依頼を受けないだけです」

「うむ、わかっているな。良き親に恵まれたようだ」

「親ではなく、祖父なんですけどね。両親を早くに亡くしたもので」

アイザックさんとクラリスが気まずそうに目を逸《そ》らす。

「なに？　それはすまないことを聞いたな」

「そうだったのね……」

「二人とも、気にしないでください。もう平気ですから」

両親の死の傷も癒えぬまま、天涯孤独《てんがいこどく》に生きることになるかと思っていた……それをみんなが癒してくれた。セツにノエル、ユリアにクラリス、エギルやゴラン、商店街の人達のおかげで、俺は寂しい気持ちを救われたんだ。

「そうか……何かあれば、訪ねてくるがいい。門兵には話を通しておく」

「へっ？　あ、ありがとうございます」

「ふふ……普段は偉そうで無愛想《ぶあいそう》な奴が、随分親切なこと。パンケーキはもちろんだけど、ヒュウガ本人を気に入ったっぽいわね」

「う、うるさい！　用が済んだなら、帰るがよい」

クラリスに茶化され、アイザックさんが逃げるように部屋を出て行った。

なんだかなぁ……

屋敷を出た俺は、クラリスと夕飯を一緒に食べる約束をしてから彼女と別れた。

次に俺は、ユリアの仕事場である兵舎に向かった。

「ユリア、こんにちは」

俺が挨拶すると、ユリアは驚いた表情を見せる。

「うむ……ヒュウガ、どうしたのだ？　また何か問題を起こしたか？」

「へっ？　い、いや、起こしたというか、不可抗力というか……」

「ほう？　詳しく聞かせてもらおうか？」
ユ、ユリアの顔が怖い……美人の怒り顔ってなんでこんなに怖いんだろう？
ビクビクしながら、説明すると……

「そうか、それならば仕方あるまい」

「ほっ……」

ユリアの表情が和らいだので、俺は安堵《あんど》の息をこぼす。

「むぅ……なんだ、その顔は？」

「い、いえ、怒られると思ったので……」

「わ、私だって怒りたくて怒っているのではないぞ!?」

「わ、わかっています！　ええ、ユリアは優しい方です！」

「な、なら良い。で、用事はそれだけか？」

「えっと、良い食材が手に入ったので、今夜お食事会をするんですが……ユリアに来てほしいなって」

「お誘いというわけか……ふふ。わかった、調整しておこう。あとで、必ず行く——ではな！」

ユリアは上機嫌な様子で、足早に去っていった。

よし、ユリアの期待に応えられるように料理を作らなくては！


宿に戻る前に、俺は両店街に寄ることにした。まずは鍛冶屋《かじや》のノイス殿の所へ向かう。

「こんにちはー」

「むっ？　お主、一人でどうしたのだ？」

「実は……」

ノイス殿に、ドラゴンの素材があることを伝える。

「なに？　この近場にドラゴンか……相当レアだが、対策をしているなら問題あるまい。で、わしに加工してほしいと？」

「いえ、まずはこれを受け取ってください」

持っているドラゴンの素材の中から、数枚の鱗と爪の一部をノイス殿に渡す。

「……なんの真似じゃ？」

「いつも貰ってばかりなので、どうか受け取ってください」

人と人の間では、義理を欠いてはいけない。何より、ノイス殿の厚意に甘えすぎてはいけない。

それでは健全な関係とは言えないし、対等ではない。

「お主には、金が必要なのでは？」

「はい、そうですね。でも、それ以上に大事なモノがありますから」

「それはなんじゃ？」

「――男気《おとこぎ》ってやつですよ」

俺がそう答えると、ノイス殿が破顔した。

「くははっ！　男気か！　出会った頃を思い出すのう！」

「ええ、懐かしいですね」

早いもので、ノイス殿と初めて会ってから、もう四カ月経っている。

「男気と言うのであれば、受け取らないわけにはいかん。ありがたく使わせてもらおう」

「ええ、どうぞお使いください」

「して、残りはどうする？」

「カッコつけておいてなんですが……装備を作ってもらえますか？」

「クク、お主らしいな。任せておけ。何が欲しい？　剣、槍、斧《おの》、盾、弓、鎧《よろい》、靴、洋服……ありとあらゆるものに使えるのがドラゴンの素材だ。しかも、その強度は言うまでもない」

手持ちの材料は無限ではない。最優先はなんだ？

ひとまず、俺の装備は十分にある。セツには武器防具はいらない、全身が武器であり防具と言える。

ノエルの防具が必須かもしれないな……今後生き残るためにも。

あとは……やはり、ゴランの装備だな。

俺のために、いつも頑張ってくれているのだから。

「決まりました。ノエルの防具に、ゴランの武器防具をお願いできますか？」

「ふむ！　嬢ちゃんの防具は必須であろうな。これとこれを合わせて……ゴランとは、あの大男のことか……ふむふむ、一回会わないことにはわからん」

「では、よろしければこの後、俺の宿で一緒に夕飯を食べませんか？　ぜひご馳走《ちそう》したいというか、装備製作の代金になるものを提供しますので」

「ほう？　大きく出たな！　ドラゴン装備製作と釣り合うものなど……まさか」

ノイス殿は俺が振る舞おうとしている料理が何か察し、喉《のど》を鳴らした。

「ええ、ドラゴンステーキを提供します」

「ほう！　そいつは楽しみだっ！　あれはビールによく合う！」

「それは楽しみです……俺もビールを頂いても？」

「くく、仕方ないのう」

「ありがとうございます。ではお待ちしてます」

次に、俺は商店街の肉屋のロダンさんの所に立ち寄る。

「ロダンさん、こんにちは」

「おう！　ヒュウガ、今日は一人か？」

「ええ、セツを連れてくると長くなってしまうので……」

「ははっ！　それもそうだな！　おちおち買い物もできんわな」

「そういうことです。まあ、最近は勝手に一人で来ているみたいですけど」

セツはもはや、俺に守られる存在ではない。

街中だろうと、もう油断することはないだろうし。

「子供の成長は速いもんだな。あんなに小さかったのに」

「ええ、本当ですよ。最近では抱っこするのが大変で……」

最初は俺の膝下だったのに、今では太ももの上部分に達するまでデカくなっている。

多分、体長七十センチくらいはあるんじゃないかと。

「それでも、相変わらずの人気だがな」

「ハハ……そうだ、これをどうぞ」

俺は『魔法の壺』に保存してあったパンケーキをロダンさんに渡す。

「んっ？　おおっ！　この間のパンケーキか！」

「こ、声が大きいです！」

パンケーキがあると知られたら、人が殺到するかもしれない。

俺はロダンさんを窘めるが……もう遅かったようだ。

「なに、パンケーキ⁉」

「あたしが食べれなかったやつ！」

あっという間に人だかりができてしまった。

「お、落ち着いてください！　いっぱいありますからっ！」

その後、次々と押し寄せる人達をロダンさんと一緒に捌《さば》き、なんとかパンケーキを行き渡らせることができた。

「ふぅ……す、すまんな、ヒュウガ。つい口が滑った」

「いえ、手伝ってくれたので助かりました」

「今日はそれを配りに来たのか？」

「はい。あとは食事のお誘いに来ました。今晩はどうですか？」

「すまんな、この後出掛ける予定があってな」

「そうですか、それなら仕方ないですね。今度また届けますよ」

その後、俺は商店街で夕飯に使う食材を買ってから帰路に就《つ》いた。

◆

——少し日が暮れてきた頃。

宿に戻った俺は、早速夕飯の準備に取り掛かる。

七時まであと二時間くらいか……まずは、メニューを考えるところからだな。

買ってきた食材は、トマト、ジャガイモ、キノコ類、その他野菜系……さて、これで何を作ろうか。

メインはドラゴンステーキで決定している。

ソースはどうする？

見た感じ赤身の肉に近い感じだから、赤ワインソースが合いそうだ。これは以前の作り置きがあるから問題ない。

主役はあくまでドラゴンステーキだから、付け合わせは、あんまり凝《こ》った物は作らなくていいだろう。ジャガイモとキノコのソテーかな。

スープはコーンスープが飲みたいところだが、手に入らないのでカボチャの冷製スープにするか。

メニューが決まったので、早速調理を始めよう。

ドラゴンの尻尾を取り出して、まずは解体。

そのタイミングで、セツとノエルが階段を上がってきた。

「キャン！」

「お父さん、セツちゃんが食べたいって」

「なるほど、セツなら問題ないだろう。どれ、食べるか？」

「キャウン！」

尻尾の肉を取り分け、皿に盛り付ける。

「ほら、よく噛めよ？」

「ワフッ！　……もぐもぐ……」

ドラゴンの肉を食べたセツが固まる。

「ど、どうした？」

俺は心配になって声をかけるが……直後、セツが猛烈に食べはじめる。

「ハグハグハグハグ……！　ワフッ！」

「セツちゃん、すっごく美味しいって！」

「そうか、そんなにか。よし、ちょっと焼いてみるか」

フライパンに油をひかずに、そのまま焼く。

ジュウジュウという音とともに、良い香りが漂《ただよ》い、鼻腔《びこう》をくすぐる。

両面にささっと火を通す。

「じっー……」

ノエルが食い入るように肉を見つめている。

「いや、それは声に出すものじゃないから。ほら、ノエルの分もあるぞ」

まずは、ノエルにあげることにする。

皿に持って渡すと、彼女は口いっぱいに肉を頬張り、眩《まぶ》しい笑顔を見せる。

「わぁーい！　はむっ……ん～!!　おいひいです！　ちょっとスパイスの味がします！」

俺も涎《よだれ》が溢《あふ》れるのをこらえながら、自分の分を焼く。

そして、焼き上がった肉を口の中に入れると……

「うまっ！」

一瞬で、口の中で肉がなくなる。

肉の脂《あぶら》が溶けて、旨味《うまみ》が溢れてくる。

同時に、少しホットなスパイシーさが口の中に広がる。

こりゃ、ソースも何もいらないな。素材が良すぎて、かえって料理人泣かせだ。

美味いが、味付けが必要なくて、料理人の腕が入る余地がない。

その後、セツとノエルは満足したのか、ソファーで横になっている。

「よし、ささっと続きをやりますか」

種や皮を取ったカボチャを茹《ゆ》でている間に、玉ねぎをみじん切りにして、フライパンで火にかける。ここで塩胡椒《しおこしょう》をしておくと、水分が抜けるのが早くなる。

ついでに軽いサラダも用意しておく。

「おっ、そろそろカボチャがいい感じだな」

串で刺すと崩れそうになる。

玉ねぎの方も飴色《あめいろ》になっている。これにバターを入れて、下準備は完了だ。

ミキサーに牛乳を入れて、さらにカボチャと飴色玉ねぎを投入。ミキサーにかける。

「そろそろ六時になるか。ソテーの下準備をして……」

フライパンに油を入れ、ジャガイモを火にかける。

串で刺して火が通っていたらオッケーだ。

ここにほうれん草、キノコ類を入れ、仕上げはバターを入れる。

フライパンを振っていると、ユリアが階段を上がってきた。

「ふふ、相変わらず良い香りだな」

肩が出ているドレス姿がとても綺麗だ。確か、イブニングドレスというんだっけ？

「ユリア！　随分早いですね」

「そ、そうか？　迷惑だっただろうか……？」

「い、いえ！　まだできていませんし、みんないませんけど、どうぞ」

俺がそう促したものの、ユリアはその場に留まって、遠慮がちに聞いた。

「そのだな……何か言うことはないか？」

「へっ？　……お、お似合いです」

「ふふ、おまけで合格だ。そこはヒュウガから言ってくれないと」

「す、すみません」

「こんなでも王女だからな。どうだ、様《さま》になっているか？」

照れ臭そうにしている姿は、王族というよりもただの女の子のようだ。

「ええ、とてもお綺麗です」

「ふふ……そうか、ありがとう」

そう言って、ユリアは俺のすぐ隣に立つ。

「ふむ、やはりヒュウガくらい身長があるといいな」

「えっと……あっ、いつもより目線が高い？」

「正解だ。ドレスに合わせて靴も選んだからな。ほら、これくらいなら男性に嫌な思いもさせないだろう？」

「そ、そうですね」

近い近い近い！　甘い香りに頭がクラクラしそうだ……！

何故その格好で来たのかと聞いたら、無粋《ぶすい》だな……それくらいは、俺にもわかる。

「ところで、今日のメインはやはりドラゴンか？」

「ええ、そうですね。珍しい食材みたいなので、みんなに食べてもらおうかと」

「確かに、ドラゴンの肉などほぼ出回らない。我々でも、食べたことがないくらいだ。そもそも、普通は出会うことすらない」

「他にも珍しい生き物っているんですか？」

「メジャーな魔物だと、ユニコーン、エンペラーホークなんかもいるが……そもそもそこにいるセツも、最強の孤狼《ころう》フェンリルだろう。一切群《む》れず、その強さはSランクハンターでも倒せるかどうかだ」

二人で視線を向けてみる。

「ピー……プス～」

「むにゃむにゃ……」

セツが枕になって、ノエルと仲良くお昼寝をしている。

その微笑ましい姿に、俺はユリアと顔を見合わせる。

「あれが最強の孤狼……ですか？」

「自信がなくなってきたな……文献が違っていたか？　いや、そんなこともないはず」

「はは……まあ、いいですよ。孤独が平気でも、それが好きかどうかは別ですから」

……俺もそうだな。祖父母が死んだ時、一人でも生きていけたが……それが良いと思ったことはない。

しばらくすると、ノイス殿がやってきた。

「おう、ヒュウガ」

「こんばんは、ノイス殿」

「クゥン？　……キャン！」

「むにゃ……あっ、ノイスさん！」

「おう、邪魔してるわい」

目を覚ました子供達の姿を見て、ノイス殿の頬が緩み、優しい表情になる。多分、本人は気づいていないだろうが……デレデレである。

すると、仕事を終えたクラリスと、再び鍛錬に連れ出されていたらしいゴランも続けて姿を見せた。

「なに？　ノイスったら、だらしない顔して」

「ゼェ、ゼェ、ゼェ、兄貴！　ゴラン、帰りやした！」

「お帰り、ゴラン。酒も食べ物もたらふく用意してあるから、まずは身体を洗ってきなさい」

「ヒャッホー！　行ってきやす！」

さっきまでの疲れた様子が嘘のように、ゴランは階段を下りて行った。

すると、入れ替わりでエギルが階段を上ってきた。

「ほう、ゴランの奴、意外に元気そうじゃないか？　まだまだ厳しくしても良さそうだな」

「はは……ほどほどにしてやってくれ」

「うむ、死なない程度にする」

「さて……全員来たことだし、メインを焼くとするか」

俺はドラゴンの肉を切り分け、二つのフライパンを使って中火で焼いていく。

とても良い香りが漂い、みんながゴクリと唾《つば》を呑む。

おそらく今、全員の気持ちが一致した。早く食わせろ、と。

肉が焼き上がり、ゴランも風呂から戻ってきたところで、食事を開始する。

「うめー！　兄貴！　これうめえっす！　辛口でビールに合うっす！」

「うむっ！　美味《びみ》なり！　ノイス殿よ！　ビールの提供、感謝する！」

「がははっ！　いいってことよ！　ヒュウガには前駄賃《まえだちん》を貰っているからよ！」

ゴランとエギルは、ノイス殿のビールと共に楽しんでいる様子だ。

確かに肉を食べたあと、流し込むようにビールを飲むと、爽快感《そうかいかん》がある。

一方、ユリアとクラリスは赤ワインに合わせてステーキを楽しんでいる様子だ。

「ほう！　これは美味しいな！　うむ、ホットな辛さで、赤ワインにもよく合う」

「ええ、そうね。赤ワインの美味さを、より引き立てているわね」

というか、男性陣との差が激しい。あっちは居酒屋、こっちは高級レストランって感じだ。

「さて、俺はどっちに……」

「キャン！」

「お父さん！」

セツとノエルが、俺の足にしがみつく。

「……そうだな、こっちはこっちで食べるとするか」

「ワフッ！」

「はいっ」

仲間達が楽しむ様子を見ながら、家族と一緒に食事をとる。

これもまた、幸せなことだな。

第二章　日々成長しているようだ

さて、翌日になってふと思った。

そうだ――ダンジョンに行こう。このところすっかり忘れていた。

「ボスを倒したから、次のフィールドだっけ？」

「ええ、そうですぜ」

「お父さん、ここ数日は忙しかったもん！」

ノエルの言う通り、先日のパンケーキ騒動から、領主と会うことになり、ドラゴンにまで出会って……まさしく、ジェットコースターのようだった。

ひとまず朝食を済ませ、早速ダンジョンへと向かう。

セツが先頭で走り、俺がノエルを担《かつ》いでついていく。しんがりはゴランだ。

セツの足の速さは日を追うごとに成長している。

身体つきや、その大きさと共に。

半年程度でひとまず一人前になるらしいから、あと二ヵ月くらいか。

そして以前より早く、ダンジョンの入り口に到着する。

しかも……セツが疲れていない。

「ワフッ！」

「おっ、息切れしていないのか。偉いぞ、成長したな」

両手で顔の周りをワシワシしてやると、セツは気持ちよさそうに目を細めている。

相変わらず、可愛い奴よ。

ダンジョン内に入り、すぐワープゾーンに乗り込む。

そして、いつも通り中継地点の白い空間に到着し、そのまま階段を下りていく。

「まずは草原エリアか」

「へい。ですが、魔物は変わってきやすぜ」

「ああ、わかっている。油断せずに行くとしよう」

ゴランの忠告に頷く。

「お父さん、陣形はどうするの？」

「クゥン？」

「そうだな……ゴラン、ハンターとして先達《せんだつ》であるお前に先頭を頼みたい」

「へい！　このゴランにお任せを！」

「ああ、頼りにしている。セツ、ゴランの動きをよく見ていろ。ノエルはその後ろへ」

「ワフッ！」

「はいっ！」

初見の場所では、セツを先頭に置くのは危険かもしれない。

俺は後ろで、新しい場所を確認することに徹する。

草原を進んでいると……ガサガサガサと草をかき分ける音が聞こえてくる。

「兄貴！」

「ああ！」

ゴランが警告を発した直後、草むらから、頭の先に二本の角が生えたでかい豚が現れた。しかも、身体の色は赤い。

「兄貴、あいつは美味いですぜ。名前はオニブタといいやす。気性が荒く、なんでも食べる雑食性の魔物です」

なるほど。色が赤くて、角があるからオニブタか。

「ブルルッ！」

そいつは俺達を見るなり、助走をつけて突進してくる。しかも、ノエルを狙って。

「ノエル！」

「きゃっ!?」

俺はすぐさまノエルを抱きかかえ、その場を離れる。

オニブタはそのまま通り過ぎ……木に激突した。

そしてなんと、大木を一撃で叩き折った。

スピードだけでなく、パワーもあるってことか。

「兄貴！　このフィールドにはおそらく、そいつしかいやせん！」

「どういう意味だ、ゴラン!?」

「大食漢なので、ゴブリンやオーク程度なら食い尽くしてしまうからです！　そして、元々のレア度が高いですぜ！　ある意味で当たりの階ってやつです！」

「ほう？　なるほど……」

最低でもランクはD+あると見た。

オークやゴブリンを捕食するということは、Cに近いかもしれん。

さすがに、ノエルだと厳しいが……

「セツ、ノエルをサポートしてやれ。ここにはこいつしかいないようだ。お前達二人だけで戦うといい」

「ワフッ！」

「セツちゃん！　よろしくねっ！」

いつも通りノエルがセツに跨《またが》る。

セツが大きくなったことにより安定感が増し、まさしくライダー状態だ。

「ブルルッ……！」

突進を躱《かわ》されたオニブタは、どうやらご機嫌斜めのようだ。

全身がさらに赤く染まり、しきりに唸《うな》っている。

「セツさん、お嬢！　ご注意を！　そいつは空気弾を吐きます！」

「キャン！」

「わかりましたっ！」

その次の瞬間――やつの身体が膨らむ。

「ブルァ！」

空気を吸い込み、それを勢いよく吐く。なるほど……まさしく空気の弾ってことか。

セツはこれを巧みに躱しているが、威力はそこそこありそうだ。

「ブルァ！」

奴は空気弾を連射してくるが……その全ての空気弾を、セツはサイドステップをすることで華麗《かれい》に回避する。

「今……えいっ！」

オニブタの攻撃の隙をつき、ノエルが炎を纏った矢を放つ。

矢は見事に命中したものの、奴はどこ吹く風だ。

「うぅ～、効いてないよぉー」

どうやら、皮膚《ひふ》もある程度頑丈らしい。

ノエルの矢はオークくらいなら貫く威力があるはずなのに。

「ワフッ！」

「セツちゃん、何があってもフォローしてくれるの？」

「アオーン！」

「えへへ……うんっ！　僕、やってみる！」

ふむ、二人には何かしらの考えがあるようだ。

いつでも助けに行けるように準備をしつつ、ひとまずお手並み拝見だ。

再び、オニブタが助走をつけて突進してくる。

そのタイミングを見計らって、セツが地面を凍らせた。

当然、オニブタは氷で足を滑らせて転ぶ。

「ワフッ！」

「セツちゃん、ありがとう！　いくよ――フレイムランス！」

全長一メートルほどの炎の槍がノエルの手から解き放たれる。

それは見事にオニブタの胴体を貫き、その身を焼いていく。

そして……ピクリとも動かなくなった。

「やったぁ！」

「ワオーン！」

「良い一撃だったな、ノエル！　今のはなんだ⁉」

「えへへ！　ありがとう！　その、実は……こっそり特訓していたんです。お父さんの足手纏いにならないようにっ」

「セツも、よく援護したな」

「ワフッ！」

いやはや、二人とも本当に強くなってきたな。

特にセツの動きが良かった。ノエルのフォローに徹して、自分の役割を果たした。

これなら、俺の手から離れる日も遠くないかもしれない。

……しかし、二人には悪いが、今はそれより気になることがある。

「……兄貴、めちゃくちゃ良い匂いなんですが」

「ああ、わかる……このまま食えそうな感じだな」

俺とゴランの視線は、丸焼きになったオニブタに釘付けだった。

何あれ？　超絶美味そうなんだけど？

フレイムランスにより、中までしっかり焼けていそうだ。ノエルとセツも、すぐにこれに気づいて、今や全員オニブタの丸焼きに釘付けである。

「確かに美味しそうです！」

「ワフッ！」

「ゴラン、このままでいいよな？」

「ええ、もう良い焼き加減になってやすぜ」

俺は早速ナイフを取り出し、焼けたオニブタの肉を削《そ》いでいく。

「ほら、セツ。お前がＭＶＰだ。敵の特性を見抜き、己の役目を理解し、ノエルのフォローと全てをこなした。さあ、一番に食べるといい」

「セツちゃん、ありがとう！」

「へへ、誰も文句は言えねえっす」

ノエルとゴランにも褒められ、セツは嬉しそうに尻尾をフリフリしている。

まったく、可愛い奴よ。

「ほら、食べなさい」

「ハグ……はぐはぐ……アオーン！」

どうやらお気に召したらしい。

「ゴラン、ノエルも食べなさい」

肉を切り、それぞれの皿に盛る。

「いただきやす！　……もぐもぐ……カァー！　うめえっす！」

「いただきまーす！　……はふっ……あっ――美味しい」

俺も、大きく切り分けた肉を口の中に放り込む。

「どれどれ……っ――!?」

こ、これは！　美味い！

口いっぱいに広がる肉汁！

とろけるような柔らかさと、唐辛子のような辛みの効いた肉の味！

「……酒が欲しくなる」

「わかりやす！　これ、酒に合うんすよ！」

味付けしなくてもこの味だ、きっと肉丼とかに合う。そこに炒めたネギやキノコ類を入れ、少量の醤油《しょうゆ》をかけて……最後に卵でも載せたら……たまらん。

「これ、帰ってから食べるとしよう」

稀少な魔物らしいから、他のみんなにも食べさせてあげたいし。

「そうっすね。さすがにダンジョン内で酒を飲むわけにはいきやせんし」

「お腹いっぱいになったら、眠くなっちゃうもんね！」

「ワフッ！」

もっと食べたいのを我慢して、俺達はダンジョン攻略に戻る。

ここには他に魔物はいないので、簡単に階段を発見した。

休憩をとることなく、そのまま下の階へと向かう。

これも、ノエルの体力が上がってきた証拠であろう。

次のエリアは木々が生《お》い茂《しげ》る森だった。

「視界が悪いですぜ、みなさんご注意を」

「ガウッ！」

「はいっ！」

……いきなり魔物が出てくる可能性があるか。

「では、ここは俺が先頭で行こう。セツは俺の後ろ、ノエルは次、ゴランが最後だ」

それぞれが頷くのを確認し、森の中を進んでいく。

しばらくすると……何かの気配を感じた。

「……上かっ！」

「バルァ！」

俺は一歩下がり、頭上から迫る敵の攻撃を避ける。

「……ゴリラか？」

襲ってきた魔物の姿は、ゴリラに近いものがある。

二メートルくらいの大きさで、体毛は黒く、口から鋭《するど》い牙がむき出しになっている。

「マッスルコングですぜ！　パワータイプで、群《むれ》で来ますから、ご注意を！　そして、群には必ずボスがいますぜ！」

ゴランの言葉通りに、マッスルコングが次々と降ってくる。

これは、ノエルを動かすのはまずいか。

「ゴラン！　ノエルの護衛に集中！　セツは撹乱《かくらん》して、隙あらば攻撃しろ！」

「ワフッ！」

「ノエルはセツが隙を作った相手を魔法で仕留めろ！　俺は敵を倒しつつ、ボスを探す！」

俺は大剣を構えて、敵の中に突っ込んでいく。

「ゴァ！」

「なんのっ！」

連中が一斉に飛びかかってくるが、俺は大剣を横薙《よこな》ぎに振るい、その全てを粉砕する。

「バルル!!」

奴らは俺を強敵と見做《みな》したのか、次々と襲ってくる。

よし、思った通りだ。こいつらはそれなりに知能があるのだろう。ボスが俺を始末しろと指示を出したに違いない。

横目でセツの様子を見るが……心配はなさそうだ。

木と木の間を縦横無尽《じゅうおうむじん》に飛び回っている。

そして、すれ違い様に牙や爪で、マッスルコングの喉を的確に斬り裂いているようだ。

確かに、斬った感触からいって、セツでは胴体や腕にはダメージを与えにくいだろう。

いやはや……本当に賢い子だ。

「オラァ！」

「フレイムランス！」

ゴランはしっかりノエルを守ってくれているな。

ノエルの方も無茶をしていないから、心配なさそうだ。

「さて……俺はボスを探さなくては」

群のボスというだけあって、強いだけではないはず。危機管理能力なども備えているとすると……俺は目に意識を集中し、視界を広げる。

「……いた、あいつだ」

奥の方に、一人だけ高みの見物をしている奴がいる。

他の奴より一回り大きくて、三メートルくらいありそうだ。

毛の色も黒ではなく、少し白が交じっている。確か成熟したゴリラは、背中が灰色になっていくとか。シルバーバックって言うんだっけ？

ひとまず、敵を蹴散らしつつ、ボスに到達する。

「ボルァ！」

奴は両手を合わせ、俺を潰そうと振り下ろしてくる。

「どれ、力比べといこうか」

俺は即座に大剣をしまい、両手を交差して受け止める！

次の瞬間、腕に衝撃が走る。

なるほど……さすがに、この辺りから魔物も中級クラスということか。今の威力からいって、パワーだけならC級相当の力はありそうだ。

しかし次の瞬間――

「オゲェ！」

「なに⁉」

ボスが口から何かを吐き出したので、素早く後退する。

消化液だったらしく、かかった部分の草の色が変わり、溶けている。

そんなこともしてくるのか。

「ボルァ！」

避けられたからか、奴は再び消化液を浴びせようと同じモーションに入る。

大体のことはわかったので、一瞬で間合いを詰める。

「さらばだ」

背中から大剣を振り下ろして、一刀両断する。

己が死んだことにも気付かずに、そいつは息絶えた。

「兄貴！　こっちも終わりやしたぜ！」

「お父さん！　僕もやったよ！」

「キャン！」

三人が、俺のもとにやってくる。

「みんな、ご苦労さん。しっかり見ていたぞ。よく頑張ったな」

「お父さん、僕……身体が変な感じなの」

「うん？　怪我でもしたのか？」

心配して尋ねると、ノエルは首を横に振る。

「ううん、違くて……力が漲るというか」

「なるほど、ステータスがアップしたのかもな」

「えっ⁉　本当⁉」

その話を聞いていたセツも「キャンキャン！」と吠《ほ》えてアピールしてくる。

「セツちゃんも一緒？」

「なに？　セツもなのか？」

「ワフッ！」

「そうか……」

この階層から魔物のステータスが上昇している。それを倒すことにより、二人もステータスが上がりやすくなっているのだろう。

「兄貴、ここは一回戻りやせんか？　脱出アイテムを持ってますんで」

「ゴラン？」

「急激なステータスアップをすると、体の使い方や、技の威力などが今までと変わってきやす。最悪、それで怪我をしたり死亡したりする例もありやす。それに、昔の俺みたいに慢心してしまうこともありやすし」

「よし、二人とも、先達であるゴランの言う通りにしよう。そして、身体を慣れさせてから、もう一度来るとしよう」

「うんっ！」

「ワフッ！」

「ゴラン、ありがとうな」

「へへ、お役に立てたようで」

その助言に従い、俺達はダンジョンを出ることにした。

いやはや、何度も言うが……ゴランがいて良かったよ。

◆

ダンジョンを出た俺達は、都市へと帰還する。

時間はまだ昼。さほど疲れてはいなかったので、そのままハンターギルドに向かう。

「クラリス、こんにちは」

カウンターで仕事中のクラリスに、みんなで挨拶する。

「あら、お揃いね。ダンジョンの帰りにしては、みんな元気そうね？」

「いや、実は……」

ゴランから言われたことを伝える。

「なるほどね……良い判断だと思うわ。ゴラン、よくやったわね」

「へ、へいっ！」

ゴランは、何故かビクビクしている。

そういや、この二人の会話ってあんまり聞いたことないな。

「ゴラン、何をビクビクしている？」

「兄貴……この人は、この近辺の男全員に恐れられる人ですぜ。その美しさに酔って声をかけた者は……貴族であろうと容赦《ようしゃ》はしないと」

「そうなのか？」

俺には割とフランクに接してくるが……

「別に、きちんと手順を踏みさえすれば、少なくとも一蹴《いっしゅう》することはないわ。でも、言い寄って来る奴は、大体上から目線なのよねー。俺の女になれとか、俺が楽しませてやるとか、女性はモノじゃないっていうのに。腹が立つわね、まったく！」

「なるほど、それはそいつらが悪いな」

どこの世界でもそういうことがあるのか。

やはり、男の性《さが》というやつなのだろうか？　……だとしたら、俺にはそんなもの必要ないな。

「ふふ、ヒュウガならそう言ってくれると思ったわ。じゃあ、ステータス確認をしましょうか」

そう言って、クラリスがステータス確認用の水晶がある個室に案内してくれる。

「私も見ていいかしら？」

「俺は構わないよ」

「へいっ！」

「はいっ！」

「キャン！」

全員の声が重なる。それだけ、彼女を信頼しているということだろう。

「ふふ、ありがとね」

「誰からやりやす？」

「俺は確認しなくてもいいし、ゴランから頼む」

体感的に変わった様子はないし、また変な称号が増えていたら嫌だしな。

ゴランのステータスは……

ゴラン　二十九歳　人族
体力：B　魔力：D
筋力：B　知力：C　速力：B　技力：C+
称号：改心《かいしん》せし者《もの》　棚《たな》から牡丹餅《ぼたもち》　舎弟《しゃてい》　龍人《りゅうじん》の弟子《でし》

「おっ！　速力と技力が上がっているな！」

「よっしゃ！　ありがとうございます！　くぅー！　これも、エギルのしごきに耐えた成果ですぜ！　何回死にそうになったか！」

ゴランがしみじみと語る。

「しかし、速力と技力だけが上がっているのは何故だ？」

「それは……エギルから必死に逃げ回ったり、攻撃されるのを死なないように必死に防御したりしていたからだと思いやす……思い出したくない！」

「そ、そうか、苦労かけたな」

この短期間で上がるとは……どんな特訓をしたんだ？　しかし、本人のためには聞かない方が良さそうだ。

とりあえず、弟子という称号がつくくらいしごかれたということだろう。

エギルのステータスを見て、クラリスも感心している。

「なかなか凄いわね。これなら一流と言っても過言ではないわ」

「へへっ！　あざす！」

「よし、セツ。次はお前だ」

「キャン！」

セツ　氷狼《ひょうろう》フェンリル
体力：C＋　魔力：C+
筋力：C　知力：C+　速力：B　技力：C+
称号：氷山《ひょうざん》の覇者《はしゃ》　フェンリルの子《こ》　みんなのアイドル　魅惑《みわく》の毛皮《けがわ》　強者《つわもの》の片鱗《へんりん》　賢《かしこ》き者《もの》

「おおっ、色々上がっているな！」

「キャウーン！」

これなら、この先のダンジョンも行けそうだ。

「やはり、ワイバーンを一人で倒した経験が大きかったか」

「それはありやすね。単純に倒すだけでなく、頭も使っていましたから」

「まあ、最強の魔物の一角としては当然のことね。今は生後四ヵ月……あと二ヵ月で、一応成獣という扱いになるわ。その場合、オールBくらいはないと弱い個体ということになるわ。ここから伸びるかどうかは、ヒュウガ……貴方にかかっているわよ？」

クラリスの忠告に、俺は真剣に頷く。

彼女は言いにくいことをズバッと言ってくれる。それはとても勇気のいることで、とてもありがたいことだと思う。

「ああ、わかっている。もしセツの力が伸び悩むようなら、俺の責任だ」

「クゥン？」

セツが不思議そうな顔をしている。

「セツ、貴方もよ。これくらいで満足しているようじゃ、最強の一角の名が泣くわ。貴方は氷狼フェンリル、強い個体はドラゴンすら倒せるほどよ。今の貴方ではどうかしら？」

「……おそらく無理だな」

相手の強さ次第のところもあるが、俺が戦った感覚だと、ステータスがオールB+くらいはないと厳しいだろう。

「ガウッ！」

「セツちゃん、強くなるって……お父さん見ててって」

「ああ、もちろんだ。一緒に強くなろう。だが……厳しくいくぞ？」

「アオーン！」

「ふふ、良い顔ね」

「キャン！」

セツがクラリスに擦り寄っていく。

「あら？　どうしたの？」

「ワフッ！」

「そう、気にしなくて良いわ。厳しいことは私が言うから、貴方はヒュウガに甘えて良いのよ」

やれやれ……相変わらず難しいなぁ、子育てというのは。

……自分ではない誰かを成長させるというのは。

「さて、最後はノエルだな」

「ドキドキ……」

ノエル　十二歳　獣人族《じゅうじんぞく》
体力：D+　魔力：C
筋力：D　知力：D+　速力：D+　技力：D+
称号：お父《とう》さん大好《だいす》きっ子《こ》　魔法使《まほうつか》い

「おおっ！　ほとんどのステータスが上がっているな！　魔力だけなら一人前だ。きちんと当たりさえすれば、そこそこ強い魔物でも倒せるはずだ」

「わぁーい！」

「キャン！」

ノエルとセツが喜びの声を上げる。

「お嬢、やりやしたね！　やはり、あの階層の戦いが効いたんですぜ」

「へぇ……良いじゃない。獣人の魔法使いなんてレアだしね。ノエル、私が教えたことはやっているの？」

「は、はいっ！　魔法はイメージ！　使う前にしっかりとイメージして、新しい魔法は反復練習もして、毎日精神統一もしてます！」

なるほど、普段やっている練習は、クラリスが教えたのか。

そういえば以前、魔法の基礎を教わったと言っていたな。

それが、あのフレイムランスに繋がるってわけか。

「偉いわね、それを続けると良いわ。ただ、慢心しちゃダメよ？　貴方は弱いし、幼い。本来なら、あの階層にも行けないし、こんなにステータスが上がることもなかった」

「はいっ、わかっています！　お父さんと叔父さんと、セツちゃんのおかげだってこと！」

「それさえ忘れなければいいわ。ただ、魔法についてはヒュウガとゴランはからっきしだし、セツは表現し辛《づら》いでしょう。何かあれば、私に聞いて」

「あ、ありがとうございます！」

「クラリス、それって……ノエルを弟子にしてくれるってことか？」

「まあ、そういうことね。このままだと成長が速すぎて、色々とバランスが悪くなってくるわ」

「すまない……少し、ペースを下げるべきか？　それとも、ノエルを預けるべきか？」

心配してクラリスに尋ねると、ノエルが真剣な目で訴える。

「お父さん！　僕、頑張るから！」

「ワフッ！」

「ふふ、セツも頑張るって言ってるわ。私が責任を持って鍛えるから安心なさい」

「クラリス……感謝する」

「いいのよ、私も楽しんでいるから。あとは、ヒュウガからの報酬を期待しているわ」

「アイスクリームだな？　わかった、なるべく早く試作品を作ってみよう」

本当に、出会った頃からクラリスには世話になりっぱなしだ。

今回だってそうだ、本来なら俺が言わなくちゃいけないのに。

ましてや、ギルドの仕事で忙しいだろうに、ノエルの面倒まで見てくれると言う。

これで何もしないなど考えられない。帰ったらすぐにでも、試作品を作るとしよう。

クラリスに礼を言い、俺達はハンターギルドを後にする。

ゴランは飲みに行くと言い、セツとノエルは散歩してくるらしい。

というわけで、俺は一人で帰宅して、早速アイスクリーム作りに取り掛かる。

まずは一番簡単なやつから始めるか。

シンプルに牛乳、卵、砂糖、生クリームで作るとしよう。

この世界でアイスクリームが発明されなかったのは、卵が貴重な物だからだよな。

まあ、俺だったら定期的にワイバーンの巣に行ける。セツも強くなってきたし、仕入れには問題ないか。

それに、いずれダンジョンを進んでいけば、同じく卵を食べられるチキンハートっていう魔物もいるだろうし。

いずれ店を出したら、みんなに卵料理を安く提供したいな……

「そして店が軌道に乗ったら……ユリアに結《けっ》こ――」

「呼んだか？」

「へっ？」

突然、階段からユリアが現れた。

「今、ユリアと言っただろう？　さすがだな、気配察知でもしたのか？」

「い、いつからそこにいたんですか!?」

「うん？　今さっきだが……」

セーフか⁉　セーフなのか⁉

それとも、嫌だったから、あえて聞かなかったフリをしているのか⁉

「おい、ヒュウガ、聞いているのか？」

「へっ⁉　なんですか⁉」

「さっきからどうした？　落ち着きがないが……来たらマズかっただろうか？」

い、いかん！　ユリアがしょんぼりしている！

「いえ、いつでも大歓迎です！　えっと、実は今、新作デザートのことを考えていまして」

「なるほど……私にも、食べさせてもらえるのだろうか？」

少しモジモジしながら遠慮がちに聞くユリアが実に可愛い。

「もちろんです！　ただ先約がありますので、その後になりますが……」

いくら俺がユリアに惚《ほ》れていようとも、クラリスとの約束を破るわけにはいかない。

「むっ……クラリス殿か？　新作デザートもそうだが、そっちも気になるな……」

「はい？」

ユリアが小声でブツブツ言っているが……

「いや、こっちの話だ。わかった、約束をしたならそっちが優先だ」

ほっ、わかってくれたか。やっぱりユリアは素晴らしい女性だ。

「ところで、何かご用でしたか？」

「巡回中にセツとノエルと会ってな。そしたら、今はゴランもいないというではないか」

「えっと……？」

つまりはどういうことだ？

セツとノエルと会って、ゴランもいないと知っている。

その状態で、俺のところに来た？　もしや……俺と二人きりになりに来た⁉

「……俺に会いに来たんですか？」

「ひゃい⁉」

なんか聞いたことない可愛らしい声が出たぞ？

「べ、別にヒュウガに会いに来たわけではないからな⁉」

「そ、そうですよね！」

「そうだっ！　わ、忘れているかもしれないが、私はお前を定期的に監視する義務があるんだぞ！」

「そういえばそうでしたっ！　すみません！」

アブナイアブナイ、経験値が足りない男はすぐに勘違いする……気をつけないと。

「ま、まあ？　そのついでに、休ませてもらおうとは思っているが……」

「ええ、いつでもいくらでも休んでください」

つまりユリアは、俺のところならゆっくり休めると思っているってことだ。

それだけでも男として嬉しいし、料理人としても嬉しい。

ひとまず飲み物を出すと、彼女は料理をしている俺の横に座った。

「テーブルじゃなくていいんですか？」

「ああ、ここでヒュウガを見ている……ダメか？」

「い、いえ、ユリアがそれでいいなら」

「ふふ、もちろんだ。さあ、私に気にせずにやるといい」

やはり、アイスクリームに興味があるのだろうか？

これは大量に作って、ユリアにも差し上げないと。

「わかりました。では……」

まずは、卵の卵黄と卵白を分ける。

「な、なんという贅沢《ぜいたく》な使い方を……しかも、卵の白い部分と黄色い部分を分けるとは……うむ、その発想はなかったな」

「まあ、これも先人達のおかげですね」

卵白は後で使い道もあるので、容器に入れて『魔法の壺』の中で保管しておく。この壺があると、料理する際の色々な問題が解決するからありがたい。

「そうしたら、ボウルに卵黄と砂糖を入れて……泡立てる！」

シャカシャカシャカシャカという小気味よい音がする。

「おお、速いな。手元が見えないくらいだ」

「ええ、大分この身体にも慣れてきましたよ」

すぐにどろっとして、理想の状態になる。

話しながらも、鍋に牛乳と生クリームを入れて火にかける。

「確かに物を壊すことはなくなったようだな。それにしても……もう四ヵ月か」

「ええ、あっという間でしたね。初めてこの世界に来た時は驚きましたよ。何せ、いきなり黄金のウサギ、そのすぐ後にレッドベアーとフェンリルですから」

考えてみると、よく生きているよな。黄金のウサギを倒してレベルが上がっていなかったら、レッドベアーには勝てなかっただろう。

というか、銃を持っていなければ、そのウサギすら仕留められていない。

もっと言うと、祖父さんから銃の扱いや戦いの仕方を習っていなかったら、死んでいた。

「普通、そんなことはあり得ないのだぞ？　ゴールデンラビットは、ほとんどの者は一生会えないし、会えたとしても逃げられる。レッドベアーは森の主と言われる奴で、倒せる者はごく僅かだ。フェンリルに至っては、本来この地域にはいない種族だしな」

「はは……なんか、そうやって改めて聞くと凄い偶然ですね」

もしかしたら、それまで不幸続きだった反動かな。

両親は亡くすし、祖父母も死んでしまって孤独だったし。

鍋がふつふつとしてきたら、中身をゆっくりとかき混ぜながら、少しずつボウルに入れていく。

あとは、冷凍庫に入れて、時々かき混ぜながら固めるだけだ。

「頼むから、もっと自覚してくれ。お前のステータスを初めて見た私の身にもなってくれ。腰が抜けるかと思ったよ」

「そういえば、みんな驚いていましたね」

「ああ、まったくだ。私自身も死んだなと思ったさ。目の前にドラゴン以上の化け物がいるんだからな」

「化け物……」

「い、いや！　もちろん今は思ってないぞ⁉」

「ほっ、なら良いです」

「あっ――ただ、実力的にはバケモノだからな？　自覚してくれよ？」

「わ、わかりました」

「ふふ、なら良い。ヒュウガ、お前という人間に会えて良かったよ」

そう言って、ユリアは微笑んでくれた。


ユリアが帰ってしばらくして。

時間が経ったので、冷凍庫からアイスクリームを取り出す。

スプーンですくい、口の中に入れると……

「……甘っ⁉」

美味《うま》っ！　濃厚な卵の味がしっかりと残っている！

「甘いし美味いし……後味も良い。これは、砂糖を少量にして正解だったな」

コンビニで売っている高級アイスなんか、目じゃないくらいだ。

これならクラリスにも満足してもらえるはずだ。

俺は急いで、ギルドに向かう。そして日が暮れる前に、ギルドに到着した。

「クラリスは……？」

クラリスは驚いた様子で応対してくれる。

「あら、ヒュウガじゃない。どうしたの？　昼間にも来たばかりよね？」

「ああ、実は……これを食べてくれ、お礼の品だ」

お皿にきちんと盛り付けた上で、しっかりと『魔法の壺』に入れておいた。

「わぁ、綺麗……黄色い中に、白が混ざっているわ」

「これが、アイスクリームだ。溶けちゃうから、すぐに食べた方がいい」

「それもそうね。じゃあ、いただきます……ッ——‼」

一口食べた瞬間——クラリスが目を見開く！

「美味しいわ！　上品な甘さと、冷んやりとした舌触り……喉を通った時の爽快感……」

クラリスは、恍惚《こうこつ》とした表情を浮かべている。

「満足してもらえたか？」

「もちろんよっ！　私の長い人生の中でも、トップスリーに入るわ！　というか、あなたのせいで、ランキングがどんどん更新されそうよっ！」

「お、おう、ごめん？」

「本当よっ！　責任とってもらわないとねっ！」

「えぇー……まあ、いいけどね。また食べたかったら言ってくれ、いつでも作るから」

俺の言葉を聞き、クラリスが妖《あや》しく微笑む。

「ふふ～ん、言質《げんち》を取ったわよ？」

「ああ、男に二言はない。クラリスには、返しきれない恩がある。俺にできることで返せるなら安いものだ」

「十分よ！　……ところで、これって……」

「ああ、ちょっと待ってくれ」

『魔法の壺』から残りのアイスが入ったボックスを取り出す。

もちろん、少しだけ個別にしてある。

「わぁ……たくさんあるわ！　全部いいのかしら!?」

「ああ、もちろんだ。材料があればまた作るし」

「感謝するわ！　ふふ～」

子供みたいにはしゃぐクラリスは可愛らしい。長生きしているようにはとても見えない。

「ただ、量を作るには卵を定期的にとらないと」

「なるほど……でも、今はドラゴンがいるから、ある意味で好都合ね」

「うん？　どういう意味だ？」

「この間、領主の館で言ったでしょ？　ドラゴンがいるからなるべく近づかないように、注意喚起するって。ギルドマスターと領主として、それぞれ厳命したわ」

「ふむふむ」

「だから、基本的には馬鹿《ばか》な奴以外はあの山に行かないわ。そこで……私がギルドマスターとして、B級ハンターであるヒュウガに依頼するわ。ヒュウガなら、ドラゴンにも勝てるという理由で」

……なるほど、少し見えてきたな。

「俺はその特別依頼を受けて、卵をとりに行けばいいんだな？」

「ええ、そういうこと。そうすれば、卵を定期的にとれるし、報酬も入るわ。私達はドラゴンの動向を把握《はあく》できるし、素材も定期的に手に入るってわけ。それにヒュウガの実力なら、ワイバーンを殺さずに卵だけとることも可能だしね」

「そうすれば、アイスクリームも定期的に作れるか……うん、悪くない」

「こっちもヒュウガは信頼できるし……どうかしら？」

ウィンクするクラリスに、俺は頷いて答える。

「わかった。では、それでお願いする」

「了解。じゃあ、アイザックには私から伝えておくわ……とりあえず、依頼書を作成して……ちょっと待っててね」

そう言って、彼女は受付カウンターの奥に去っていく。

五分くらい大人しく待っていると、クラリスが戻ってきた。

「とりあえず、これを依頼するわ」

「ふんふん……なるほど、俺はこの内容を伝えれば良いわけか」

渡された依頼書を要約すると、こちらで決まったことをドラゴンに伝える依頼だ。

「ええ、そういうことね」

「わかった、とりあえず一度宿に帰るとするよ」

「それじゃあ、よろしくね」


ギルドを出て、まっすぐに宿へと戻ると……別行動していたノエルとセツとゴランが宿の前に揃っていた。

「おっ、三人とも、ちょうど帰りか」

「お父さん、ユリアさん、来た？」

「キャンキャン！」

「兄貴⁉　どうでしたか⁉」

「おいおい、みんなして、どうした？　……まさか、誘導してくれたのか？」

三人が笑顔で頷く。

「お前達……なんてステキなことをしてくれる」

道理でユリアが来るタイミングが良すぎると思った。

ただ……みんなに言われたから来たのかと思うと、少し寂しい気もするが。

「まあ、でも……ありがとな。じゃあ、今日は美味しいご飯を食べるとするか」

「ヤッタァ！」

「キャウン！」

「よっしゃー！」

「はいはい、元気がいいなぁ。ほら、手洗いうがいをしてきなさい」

俺は一足先に三階に上がって、手洗いうがいをして、調理開始だ。

まずは、オニブタを解体する。

包丁を入れて、骨の部分に沿って、切り込みを入れていく。

前の世界と違って、こっちは楽だ。力があるから、どこだろうと切れるし。まあ、一応基本には沿ってやるけど。

そうして、解体が粗方《あらかた》終わった。

今日は骨や頭の部分は使わないが、捨てずにとっておくか。それっぽい麺はあったし、いずれ豚骨ラーメンなんかもできるだろう。

「よし、まずは……どうする？」

オニブタは素材自体が美味いから、シンプルにいくか。

そうと決まれば調理開始だ。

今日はワイバーンの卵を使うので、ついでに卵スープにするか。

ワイバーンの骨の出汁《だし》はとってあるから、あとはネギと醤油で味付けしよう。

鍋に出汁を入れて、火にかける。

ついでに、もう一つコンロにもフライパンに油を入れて火にかける。そこに味噌《みそ》、砂糖、みりんと生姜《しょうが》を混ぜて……

よし。これで、即席タレの完成だ。

卵スープが完成したところで……ノエル達が階段を上がってくる音が聞こえる。

「お父さん！」

「ワフッ！」

「カァー！　腹が減りましたぜ！」

「はいはい、すぐにできるからな」

……まるでお母さんのようだな。

まあ、いいか……さて、オニブタを焼くとしよう。

弱火でじっくりと焼いていく。

表面に焼き色がついたら、さっき作ったタレを入れる。

「わぁ～！　良い匂い！」

「ふふ、そうだろう？　ノエル、ご飯をよそってくれるか？」

「はいっ！」

ノエルがよそったご飯の上に、焼いたオニブタを載せたら……肉丼の完成だ。

その後、汁物と簡単なサラダも盛り付けて、全員でテーブルを囲む。

「では、いただきます」

「いただきますぜ！」

「いただきます！」

「キャン！」

まずは、肉を一口……美味い！

味噌の香ばしい匂いと、元々少し辛味のあるオニブタの相性は抜群だ。

辛味噌風になっているな。

「兄貴！　美味いっす！　酒が欲しいっす！」

「お父さん！　美味しい！」

「キャウン！」

ゴラン達も気に入ったようだ。

では、これに米を……むぅ……

美味い、美味いが……すこしパサついているんだよな。

オニブタも、このインディカ米らしきものも美味しい。

しかし、こうやって丼《どんぶり》でかき込むなら、日本の白米が良い。

米を頬張った俺の反応が微妙だからか、三人が怪訝そうな表情でこちらを見ている。

「いや、すまん。さあ、食べるとしよう」

食事中に暗い顔はするものじゃないな。

◆

——翌朝、俺は町を散策していた。

改めて、美味い米が食べたい。どこにあるんだ？

この世界に来てから四ヵ月……日本人としては、馴染《なじ》みのあの白米が恋しい。

味噌もある、醤油もある、米らしき物もある……ということは、ジャポニカ米っぽいものがない
ということはないはず。

クラリスなら知っているんじゃないか？

早速、ハンターギルドに入り、クラリスのもとに行く。

彼女は誰も並んでない受付で、何やら書き物をしている。

「あら？　また来たの？」

「すまん、迷惑だったか？」

「ふふ、そんなことないわよ。部屋を変える？」

「いや、大して時間はかからないよ。白米……この辺に出回っている細長い米じゃなくて、もっと丸みを帯びた品種の米を知っているか？」

「うーん、米……あぁー、以前の転移者が言ってたわねぇ」

「なに？」

「ちょっと待ってね、何百……ゴホン！　随分前だから……」

今、何百って言った？　やはり、クラリスは長生きなんだな。見た目では判断できない。

詳しく聞きたいけど、その話題に触《ふ》れてはいけないことはわかる。

「そうよ！　あいつも探し回って……今の国の位置だと……隣国の自由国家連合《じゆうこっかれんごう》エイルあたりね。あそこは色々な国の集合体なんだけど、そこの中心地にあるはずよ」

「なるほど。ところで、勝手にその国に入っていいのか？」

「普通はダメだけど、貴方はハンターランクも高いし、問題ないわ。私が推薦状《すいせんじょう》を書いてあげる」

「本当か？　ありがとう、クラリス」

「別に、これくらいは大したことじゃないわ」

「そういえば、ここから行くと、どれくらいかかるんだ？」

「うーん……往復で一週間くらいかしら？」

それを聞いて、俺は考え込んでしまう。

「一週間かぁ……」

今は、ダンジョン攻略や家の購入に引っ越しと、色々と動いている。

見知らぬ土地に幼いノエルを連れて行くのも考えものだし……

「そもそも、ヒュウガはこの都市から出られるの？　ユリアの許可がないと無理じゃない？」

そうだった、俺はまだ監視されているんだった。

どちらにしろ、ユリアに相談はした方がいい……また、怒られちゃうし。

「それもそうだな。じゃあ、先にそっちに行ってみるよ」

「ええ、それがいいわ。私だって、ユリアは怖いもの」

「ハハ……」


ハンターギルドを後にして、ユリアのもとに向かう。

俺が兵舎に近づいて行くと……

「はっ！　おい、ヒュウガ殿だ！　知らせてこい！」

俺が声をかける暇もなく、見張り員が走って知らせに行った。

「あ、あの、そんなに急がなくても平気ですよ？」

「いえ！　貴方が来たら捕まえておけと、ユリア様に厳命されております！」

「捕まえておけ……？」

「貴方はいい人だが、自覚なしに問題を起こすと。ゆえに、自分のところに来たならすぐに知らせろと」

「はは……すみません」

どうしよう、何一つ否定できない……現に、今も問題を持ってきたようなものだ。

五分ほど待っていると、ユリアが駆けてきた。

「ヒュウガ！」

「ユリア、おはようございます」

「う、うむ……おはよう。なるほど、その顔を見るに、急を要することではなかったか」

そっか……こんなに朝早く来たから、何かあったと思ったのか。

うーん、悪いことをしちゃったなぁ。

「いつもすみません」

「いや、いいんだ。こちらこそ、悪かった。いつも問題を起こすとは限らないよな」

「いや、その……問題というわけではいないんですけど、ご相談が……」

「……わかった、詳しい話は部屋でしよう」

俺はユリアの私室に通された。

「おはようございます、ヒュウガさん」

「おはようございます、マリさん」

副官のマリさんに挨拶すると、彼女はニヤニヤしながら俺を小突く。

「こんなに朝早くから来るから、ユリア様が大慌てですよ。どうしよう!? お化粧《けしょう》もしてないし、髪だってとかしてない！　って、まったく騒《さわ》がしいことです」

「マ、マリ、もういい！　そ、それで、ヒュウガは何しに来たのだ？」

「えっと……」

ひとまず、クラリスと話した内容を伝える。

「なるほど、自由国家連合エイルへか……」

腕組みするユリアに、マリさんが小声で聞く。

「今の情勢だと、少しまずいですかね」

「ん？　何かあるんですか？」

俺の疑問に、ユリアが答えてくれる。

「実は、あちらの国で少々問題があってな。私が一度視察に行くつもりだったが……ヒュウガのことがあるのでな」

「それは……なんか、すみません」

「いや、不可抗力というやつだろう」

「じゃあ、無理ですかね？」

はぁ……さようなら白米、また会う日まで我慢しよう。

「というか、そもそも常識知らずのヒュウガを行かせるわけにいかない」

「はい、ごもっともです。いえ、無理ならいいんです」

きっぱり諦めようとしたら、マリさんが割って入った。

「いや、行けばいいんじゃないですか？」

「なに？」

「今は立て込んでいる仕事はありませんし、私の方で処理できます。ユリア様がついていけば、問題ないのでは？」

「な、なるほど……ふむ、ヒュウガの監視を続けつつ、視察にも行けるか」

「ええ、ヒュウガ殿なら護衛としては言うことありませんし。もちろん、守ってくださいますよね？」

マリさんに問われ、俺は即答する。

「命に代えても！」

「お、大袈裟《おおげさ》だぞ、ヒュウガ！」

こ、これは……ユリアと旅行ということか!?

「一石二鳥ってやつですね。じゃあ、移動手段をどうします？　往復だけで一週間はかかりますからね」

マリさんがノリノリで相談を始めるが、ユリアは慎重な姿勢を崩さない。

「ふむ、そんなに空けるのも不安だな」

「まあ、不測の事態が起こったら困りますが……キリがないですからね」

「やっぱり、やめておくか……いや、しかし、妹のロザリーのことも心配だな」

……なんか、話が変わってきたな。

白米を食べたいという、自己中な考えが恥ずかしくなってきた。

「すみません、確認です。ユリアは、元々エイルに行きたかったということですね？」

「ん？　ああ、そうだ。ただ、ヒュウガのことと、移動距離の関係で断念していた」

「俺がついていけば、監視の問題は解決するので……あとは、移動距離だけですか？」

「ああ、そうだ」

だったら、あいつに頼めばいけるかもしれない。

「すみません、少し待っていてもらえますか？」

「あ、ああ……変なことするなよ？」

「平気です、安心安全です」

「わかった……まあ、その言葉はあまりあてにならないがな」

ユリアは苦笑しつつも頷いてくれた。

「はは……とりあえず、用事を済ませたら明日の朝にまた来ます」

「……不安しかない」

そんなユリアの呟《つぶや》きを背に兵舎を出た俺は、一度宿に向かい、ゴランにノエル達を託《たく》す。

そして、そのままギルドに向かい、クラリスに作戦を話してみる。

了承を得られたので、そのまま都市を単身で飛び出していく。

目指す場所はただ一つ——ワイバーンのいる山だ！


都市を出た俺は走り続け……岩山の頂上に到着する。

そこには、赤いドラゴン——ドレイクが待ち構えていた。

『一人か……物凄い勢いで来たが……何事だ？』

「まずは、ハンターとしての依頼を果たしに来た」

クラリスから伝え聞いたことをそのままドレイクに話し、時々俺が様子を見に来ると伝える。

『ふむ、わかった。我も、お主であれば安心だ。要件はそれだけか？』

「いや、実は他にもあって。ドレイク、何かあったら力になってくれるって言ってたよな？」

『ああ、我にできることならな』

「じゃあ、俺達を乗せて、空を飛んでくれるか？　実は、他国に行きたいんだ」

『なに？　ドラゴンたる我を足代わりに使うとは……』

「ダメか？　無理強《むりじ》いはしたくないから、嫌なら断ってくれ」

『フハハッ！　相変わらず愉快な男よ！　その気になれば、我を力ずくで従わせることもできるというのに……いいだろう、好きなところに連れていってやる』

　ドレイクが笑いながら頷いた。

「ありがとう、助かるよ」

『で、場所はどこだ？』

「隣の自由国家連合エイルだな」

『なるほど……だが、我が行けば大混乱が起きるぞ？』

「ああ、そこは考える。とりあえず、ドレイクはオッケーてことで良いか？」

『ああ、構わん』

「代わりと言ってはなんだけど、お前が困っている時は俺も力になるから、言ってくれ」

『律儀《りちぎ》な男よ。まあ、ドラゴンたる我が困ることなど……いや、あるかもしれんか。覚えておこう』

「じゃあ、俺は一度戻るよ。また明日来るから」

『うむ、待っていよう』


ナイゼルに戻った俺は、屋台で夕飯を買ってから宿に戻った。

今日のメニューは串焼き、焼き飯、野菜炒め、煮込みスープだ。

「たまには、こういうのを食べるのも美味しいね！」

「キャン！」

ゴランと俺はビールで晩酌中だ。

「カァー！　こういう飯で飲むビールは最高っす！」

「プハァー！　そうだな！」

ただ、商店街で手に入るビールは雑味があって、ノイス殿が持っていたものには遠く及ばない。

やはり、ビールが湧くという泉を見つけたいものだ。

頃合いを見て、俺はエイル行きの件を切り出す。

「そうだ。みんな、俺は少し遠出をするかもしれん」

「えっ？　お父さん、どこか行っちゃうの？」

「うっ……ただ、すぐに帰ってくる」

ノエルの悲しそうな顔を見ると、思わず決意が揺らいでしまう。しかし、さすがにノエルを連れて行くのは……初めての場所だし。

「さて、セツをどうするか」

「キャン！」

その顔は行きたいって顔だな？

うむ……どうするか。

俺が悩んでいると、ノエルがセツの言葉を代弁してくれた。

「えっと……自分が強くなるためには、戦うだけじゃダメだと思うって。もっと色々なものを見たり、色々な経験を積んだりしないとだって」

「セツ……そうかっ！　すっかり、大きくなって……お父さんは感激だよ」

感激した俺は、思わずセツを抱きしめた。

ふわふわともふもふを堪能《たんのう》しつつ、全身を撫でまくる。

「ワフッ！」

自分で考え、しっかりとした考えを示した。

これが大人になっていくということか……嬉しいけど、少し寂しいな。

「じゃあ、俺がお嬢をお守りしやす」

「ああ、頼む。ゴランがノエルを見てくれるなら安心だ」

「じゃあ、僕は鍛錬してるねっ！　ステータスアップしたから、足手纏いにならないように、慣れておくねっ！」

「おお～！　ノエルもいい子だっ！」

「ひゃー！　お髭《ひげ》痛いよぉ～！」

「おっと、すまんすまん」

うんうん、それぞれに自分で考えて行動するようになったなぁ。

子供の成長ってやつは速いものだ……

というか、最近所帯染みているな、俺。

夕食を食べ終えたら、エギルやロバートさんにもこの件を報告しておいた。

◆

次の日の朝、予定通り兵舎に行くと……

ユリアが外でウロウロしていた。その隣にはマリさんもいる。

「どうしたんですか？」

「……どうやら、何事もなかったようだな」

「へっ？」

意味がわからず立ち尽くしていると、マリさんが説明してくれる。

「ユリア様ったら『ヒュウガが何か思いついたなら、きっと騒動になるから、備えておかないと』

とか言ってたんですよ？」

「あはは……すみません」

「いや、謝るのは私だ。いつも問題を抱えてくるとは限らないからな」

考えてみたら、これからする話も非常識だよな。

……でも、今更退《ひ》けない。

俺はユリアにドレイクの話を切り出す。

「いえ、実は……ワイバーンの山にドレイクと名乗るドラゴンがいるのはご存じですか？」

「うん？　ああ、報告は受けている」

「その……ドラゴンに隣国まで運んでくれるように頼みまして……」

「……はっ？」

ポカンとしているユリアに代わってマリさんが話を継ぐ。

「それはまた……凄いですね。ちなみに、快《こころよ》く引き受けてくれたんですか？」

「もちろんです。ただ、混乱が起きるぞと忠告を受けましたが」

「――当たり前だっ！　高位ドラゴンだぞ!?　その気になれば都市の一つや二つ滅ぼせるんだぞ!?

まったく！　お前ときたら……」

「ご、ごめんなさい！」

またユリアを怒らせてしまった……と思ったのだが、彼女は何やらマリさんと相談しはじめる。

「……いや、でも悪くはないのか？」

「ええ、間違いなく移動時間は短縮されますね」

「そうだな。今から国境に通達を出すとして……最速で、三日後なら平気か？」

「ええ、すぐに連絡しましょう」

なんか、知らない間に話がまとまってきたようなので、尋ねてみる。

「えっと……それでどうなったのですか？」

「ひとまず、ヒュウガの案でいこう。まったく、非常識に慣れてしまった自分がいるよ。それで、連れて行くのは誰だ？」

「初めての土地ですし、セツだけ連れて行こうかと思います」

「つまり、ゴランはノエルの面倒を見るから残ると……私と、セツとヒュウガということか」

「いくらドレイクが大きいといっても、あまり大勢は乗れませんしね」

「わかった。では、あとはテイマー協会にも連絡した方がいいな。セツについて推薦状を書いてもらおう。国境を越える時に、何か言われるかもしれん」

「なるほど、お墨付きですか」

「それから……出発前に家を購入する手続きを済ませておくか？　手続き自体はすぐに終わるが、家を修繕《しゅうぜん》しないといけないだろう。今のうちにやっておけば、スムーズに事が運ぶのではないか？」

……そうか、セツも大きくなってきたから、できれば早い方がいいか。

「それはアリですね。あそこの建物を購入するには十分ですか？」

今の俺が出せる大体の予算を伝えると……

「ああ、余裕だろう。あとは、アイザックに協力を求めるといい。色々と便宜《べんぎ》を図ってくれるはずだ」

「わかりました……では、早速行ってきますね」

そうと決まったら、すぐに行動を開始する。

兵舎を出た俺は、そのまま領主の館へと向かう。

突然の訪問だったにもかかわらず、すぐに領主の部屋に通してもらえた。

「すみません、アイザックさん。急に来てしまって……」

「なに、気にするでない。それで、何の用かな？」

他国に行くこと、家を買いたいことを伝える。

「なるほど、他国に行くと。欲しい家は……確か、あそこか」

「知っているのですか？」

「その情報は来ている。確かに、そのまま料理屋として使えるな」

「ユリアから、アイザックさんに伝えておいた方がいいと……」

「ふむ……わかった。私の方で購入の処理をしておこう。あと、家の改装もやっておく」

「えっ？　いいんですか？」

「ああ、お主の料理屋は楽しみにしているからな。実際の手続きは、お主が帰ってきてからでいいとして、留守の間の連絡は、誰を窓口にする？」

「ゴランという者が宿にいるので、そちらでお願いします」

「うむ、わかった。早速、準備を進めていこう」

「ありがとうございます！」

第三章　異国へ旅立つようだ

それからの三日間は忙しかった。

商人ギルドからドラゴンの素材の報酬を受け取って、それを元に家を購入する前金を支払い、改築費用を捻出《ねんしゅつ》した。

それから、しばらくダンジョンには行けなくなるので、一日こもって攻略を進めたり、お世話になっている方々に挨拶したりもした。

そして今日……いよいよ出発の時を迎えた。

都市の入り口には、ゴラン達が見送りに来てくれている。

「兄貴！　留守は任せてくだせえ！」

「お父さん、いってらっしゃい！　叔父さんと待ってるねっ！」

「ああ、ゴランがいれば安心だ。ノエル、良い子にしてろよ」

しばしの別れを前に、ノエルの頭を撫でてやる。

「ヒュウガ殿、ユリア様をよろしくお願いします……押し倒しちゃダメですよ？」

「マリ！　なっ、何を言うか！」

小声で変なことを言ったマリさんが、ユリアに窘められている。

「冗談ですよ。セツ君、二人を頼んだよ？　君が一番頼りになりそうだ」

「ワフッ！」

「まったく……マリ、後のことは頼んだぞ」

「ええ、お任せください。ユリア様も、お気をつけて」

「ああ、わかっている。幸《さいわ》い、最強の護衛はいるから、安心だ」

「俺にお任せください！」

「ふふ、頼りにさせてもらおう。ではヒュウガ、山まで案内を頼む」

「ええ、それでは失礼します」

俺はユリアを抱きかかえる。

「ひゃっ⁉」

「ま、待て！　何故お姫様抱っこなのだ⁉」

「へっ？　マリさんが、してあげてくださいって……」

「マ、マリ、ヒュウガに変なアドバイスをするな！」

ユリアは抗議するが、マリさんはどこ吹く風だ。

「そっちの方が速いですからね。馬に乗って行けませんし」

「そ、それはそうだが……むぅ」

「嫌なら下ろしますよ？」

俺がそう聞くと、ユリアは首を横に振り、小声でささやく。

「早く走ってくれ。見られていて恥ずかしぃ……」

「行ってきます！」

照れるユリアの可愛さに、力が漲ってくる。

衝動に駆られ、俺は全力で荒野を疾走《しっそう》する。

しばらく走っていると……

「ヒュ、ヒュウガ！　速すぎる！」

ユリアが怖がっているようなので、少しスピードを落とす。

「す、すみません……これくらいでどうでしょう？」

「う、うむ」

「キャウン！」

隣でには、セツが悠々《ゆうゆう》と走っている。

……あれ？　そういえば、さっき俺は全力で走っていたが、セツはついてこられた？

速力のステータスはBになっていたし、もしかしたら、速さ自体は俺とそんなに差がなくなってきたのかもしれないな。

そして数十分後、俺達はワイバーンの山に到着する。

「こ、ここが……」

ユリアがゴクリと唾を呑む。

さすがに緊張するよな。彼女からすれば、ワイバーンだって強敵だ。

ましてや、これから会うのはドラゴン。怖いに決まっている。

「ユリア、安心してください。先日も言いましたが、必ずお守りします」

「ヒュウガ……ああ、ありがとう。頼りにさせてもらうぞ？」

そう言って、ユリアは柔らかい身体を俺に寄せる。

彼女が動くたびに、香水の甘い香りが鼻腔をくすぐる。

「そ、そういえば……今日の髪型も素敵ですね」

ユリアの服装は、今日も凛々《りり》しい騎士団の青い制服だ。でも髪型はいつものストレートではなく、バレッタで綺麗に纏められている。

「う、うむ……風に煽《あお》られることを想定していたからな……」

「あっ、なるほど。ドラゴンに乗りますからね」

「ふふ、よく気づいたな」

「え、ええ！　男として当然ですよっ！」

祖父さんが言っていた……モテる男は、女性の変化に気づくものだと。

「ワフッ？」

一足先に行ったセツが、俺達を振り返って一声鳴く。

「おっと、そうだったな。セツ、俺はユリアを守ることで忙しい。ワイバーンが出たら、お前に任せるからな……いけるな？」

「ガウッ！」

セツの可愛らしい顔が一転して、凛々しい顔つきになる。

どうやら、気合いが入ったようだ。

俺はユリアを抱えたまま、山を登って行くが……どうもいつもと様子が違う気がする。

ユリアも俺と同じ違和感を覚えたようだ。

「ワイバーンが大人しいな？」

「そうですね……せっかく来たんで、ついでに卵を取っていきますか？」

「うむ……そうだな、良い土産《みやげ》になるかもしれん」

セツに見張りを任せ、卵をとるが、ワイバーンはずっと上空で旋回《せんかい》しているだけで襲ってこない。

普段なら卵に手を出すと抵抗があるのだが。

「あんまりたくさんとっても良くないし、三つにしておきましょう」

「ほう、そういう見識もあるのだな？　他のハンターにも見習ってほしいものだ。中には楽しみのためにワイバーン達を挑発して不必要に殺していく者もいるからな……」

「そうですか……それは良くないですね」

その後も登っていくが、結局ワイバーンに襲われることなく、俺達は山頂に到着する。

そこでは、まるで小山が寝そべっているかのように、ドラゴンが鎮座《ちんざ》していた。

「あ、あれが……ドラゴン」

ユリアが緊張をにじませるのを横目に、俺はドレイクに挨拶する。

「やあ、ドレイク、元気かな？」

『ふん、普通だ。今日は、連れが違うようだな……なに、そこにいるのはフェンリルか？』

「クゥン？」

首を傾げるセツに、ドレイクが問いかける。

『お主はなんだ？』

「ワフッ！」

俺にははっきりわからないが、ドレイクはセツの間で言葉を交しているらしい。

『なんと……クハハッ！　孤高の存在と言われるフェンリルを使役するとはっ！　やはり、お主はただ者ではないなっ！』

「使役しているわけではないよ。セツは俺の家族だ」

『すまんすまん……そうだな、本人もそう言っている。いやはや、長生きしているが……こんなことは初めてだ。やはり、お主は面白い……して、その女は？　お主のつがいか？』

「つ、つがい……違うよっ！」

『うむ？　つがいでないなら、何者だ？』

鋭い眼光が、ユリアを射貫く。

「ヒュウガ、下ろしてくれ」

「はい……平気ですか？」

ユリアの身体は少し震えている……きっと、怖いのだろう。

「ああ、お前の背には隠れない」

そう言って、ユリアは自分の足でドレイクの前に立つ。

『ほう？』

「私の名はユリア・カサンドラ！　この国の王族の者です！　誇《ほこ》り高き龍族の貴方に会えたこと、光栄に思います」

『うむ……怯《おび》えつつも、我から目を逸らさないか。どうやら、男の力を笠に着て、偉そうな態度をとるような女ではないらしい』

「彼とは対等でいたいと思っています。もちろん、頼ってしまうことはありますが……」

『それくらいは問題あるまい。種族は違えど、男とは女に頼られたい生き物だ。分別《ふんべつ》をわきまえるならばいい』

「ええ、私もそう思います」

『ふん……では、さっさと行くとしよう』

俺はユリアを抱え、ドレイクの背に跨がる。

『どこに行けばいい？』

ドレイクの問いに、ユリアが答える。

「我が国マルクスと、自由国家連合エイルの国境へお願いする」

『騒ぎにはならないのか？』

「私の名で通達を出しております。攻撃されることはありません。ですが、念のため町の手前で降ろしてください」

『うむ、わかった。しっかり、掴《つか》まっているといい。そう時間はかからん』

「おおっ！」

ばさっ、ばさっ、と音を立て、ドレイクが空に舞い上がる。

「これは……凄いな」

俺もユリアも思わず歓声を上げる。セツも初めて見る景色に興奮しているようだ。

『ふふ、これがドラゴンが見る景色よ。たまに鳥族《とりぞく》などの生意気な輩《やから》もいるがな』

広大な土地を空から眺《なが》める……この特別感は、何物にも代えがたいものだろうな。

空を飛べる鳥族が他種族に大して高慢になる気持ちも、少しだけわかる気がする。

「ところで、ドレイク。山にいたワイバーンの様子がおかしかったのだが……」

道中、気になっていたことを聞いてみる。

『ああ、それか。お主が来るのは気配でわかったのでな、ゆえに通達を出した。今から来る者には手出しをするなと』

「そうだったのか……じゃあ、卵は返した方がいいかな？　悪いことをしちゃったな」

『とったのは何個だ？』

「三つだな」

『それくらいであれば問題ない。いくらでもとれる力があるというのに、稀有《けう》な人間よ』

「卵は欲しいけど、乱獲して結果的に絶滅しちゃ困るしね」

『それがわからない愚か者の多いことよ……さて、行くぞ』

そう言うと、ドレイクは一度翼を折りたたみ、一気に加速した。

「きゃっ⁉」

「ワフッ⁉」

「おっと、これは……ユリア！　失礼します！」

ユリアとセツを俺の前に座らせ、しっかり支える。

「か、感謝する」

「キャン！」

みんなが怖がっているのを見て、ドレイクが笑い声を上げる。

『ふはは！　すまんな！　人を乗せたことなどないのでな！　……これくらいか？』

「す、すみません……ええ、平気です」

「ワフッ！」

『ふっ、オスのフェンリルに礼を言われるとは……不思議なものよ』

「フェンリルを知っているようだが、前に何かあったのか？」

『何度か戦ったことがある。オスの方は好戦的な生き物で、我に挑みかかってきおった。我は負けこそしないが、手傷を負わされたものよ。同族には、やられる者も少なくない』

「へぇ、セツはそんな感じしないけどな」

『クク……飼い主のおかげだろうよ。そんな穏やかで優しいフェンリルなど、見たことも聞いたこともない』

ドレイクの意見に、ユリアも同意する。

「孤高の存在と言われる生き物だからな……そうは見えないが」

「ふふ、こんなに可愛いもんな」

「キャウン！」

そんな感じで、楽しい空の旅は続いていく。

しばらく広大な景色を楽しんでいると……大きな砦《とりで》が見えてきた。

マルクス王国と自由国家連合エイルの間の関所になっている場所だ。

『あれだな。では、この辺りでよいか？』

「いや、もっと砦の近くでお願いする。通達はしてあるし……貴方が安全だということを彼らに知ってもらいたい」

『なるほど、我も助かるな』

そして……ドレイクが砦のすぐそばに降下すると、城壁や塔の上の見張りの兵士達がざわめき出す。

「お、おい!?　撃たなくていいのか!?」

「ばかっ！　通達が来ただろう!?　ユリア様が乗っているんだぞ!?」

「で、でかい……！　ドラゴンをこんな間近で見るなんて……」

砦の目の前にドレイクが着地し、俺達は地上に降りる。

ユリアは声を張り上げ、砦の者達に訴える。

「皆の者！　このドラゴンは安全だっ！　我々が手を出さない限り、敵対することはないっ！」

『ああ、約束しよう。我は静かに暮らせるならいい』

「そして、仮に……」

そう言って、ユリアは俺に視線を向ける。

「――仮に、ドラゴンが暴れたとしても問題ないっ！　この男が倒してくれるだろうっ！　彼の名前はヒュウガ！　最速でB級ハンターになった男で、強さは英雄クラスの者だっ！」

「ユリア様がそこまで言うなら……」

「あれが噂の異世界人か？　確かに、強そうだな……」

するると、責任者が出てきて、ユリアと話しはじめる。

俺はひとまず、兵士達が落ち着くまでドレイクと会話する。

「ドレイク、悪いな」

『なに、気にするな。怖がられるのは仕方ない。それに、お主が本気になっていれば、我は死んでいた。まったく、こんな強い者が辺境にいるとは』

「キャン！」

『なになに……ほう、龍人の知り合いもいるのか。それに、ハイエルフに王女まで……お前の主人は実に面白い男よ』

詳しい内容はわからないが、どうやらセツはエギルやクラリスなど、俺の知り合いの話をしているらしい。

「友達が珍しいと言うなら、ドレイクもいるしね。今日はありがとうな」

『ククク、我も友だと？』

「嫌かな？」

『いや……悪くない気分だ。我を恐れずに話しかける者など、そうはおらん』

ニヤリと口元を歪めるドレイクに、セツが何やら訴える。

「ワフッ！」

『カカッ！　お主も友になるだと⁉　フェンリルとドラゴンか……前代未聞《ぜんだいみもん》だが、面白い』

「そういえば、ドレイクはセツの言葉がわかるんだな？」

『ん？　……うむ、我は長生き故、大体の種族と話すことができる。もしかすると、そやつもいずれ人と話せるようになるかもしれんな』

「えっ⁉　セツが人族の言葉を？」

『ああ、赤ん坊の頃から一緒にいるなら、あり得ないことではない。我ほどではないが、フェンリルも高位の存在であるからな。まだまだ先の話だと思うが』

「キャン！」

ドレイクの話を聞き、セツは尻尾を振っている。

『早く、お主と話したいと言っているな……感謝を伝えたいと』

「セツ……馬鹿だなぁ、感謝するのは俺の方だってのに」

そんなやり取りを続けていると、砦の方から兵士達の声が聞こえてきた。

「お、おい、ドラゴンとフェンリルを従えているみたいだぞ……」

「なるほど。あの者が護衛についているから、ユリア様はお一人なのだな」

「マリさんがいないということは……それだけ彼が信頼されていると。なかなかの人物のようだ」

今までやけに静かだと思っていたら、観察していたのか。

なんか持ち上げられているけど、悪いことではなさそうだ。

『ふむ……では、最後に』

ドレイクが、俺の目の前でこうべを垂れた。

「お、おい？」

『さあ、頭に手をおけ。そうすれば、奴らも安心するだろうよ』

「お前は、それでいいのか？」

『うむ、我より強いお主なら、問題あるまい』

「じゃあ……失礼する」

俺がドレイクの頭に手を置くと……

「おおおおぉぉ——!!」

兵士の間でどよめきが起きた。

『これでいいだろう……では、さらばだ』

「ああ、また遊びに行くよ。あと、お礼をしたいから……肉がいいかな？」

『クク、酒もな』

「わかった、必ず持っていくよ。あれ……帰りも来てくれるのか？」

『ああ、無論だ。幸い、お主の気配は強いし、覚えた。近づいてくればわかる』

そう言って、ドレイクは飛び立っていった。

「ヒュウガ、助かった」

「えっ？」

「お前だけを連れていくことに反対する者もいたが……今の姿を見て、それもなくなったよ」

なるほど……ドレイクはそのために。

こりゃ、きちんと礼を持っていかないと。

◆

ドレイクのおかげか、俺達はすんなり関所を通過することができた。

軽く審査を受けた後、迎えに来た馬車に乗って移動を開始する。

「トマス殿が推薦状を書いてくれたのもあって、セツも問題なく通れたな」

馬車に揺られながら、ユリアが安堵の息を漏らした。

「あとで、きちんとお礼にいかないとですね。なっ、セツ」

「ワフッ！」

「さて……改めて自由国家連合エイルの説明をしておくか。この国は五つの国の集合体だ。まずは、私の妹が嫁《とつ》いだアーノルド王国に行く」

「ロザリーさんでしたっけ？」

「ああ、次女で年齢は十八歳。今はロザリー・アーノルドという。去年嫁いだので、子供はまだいないと思う」

「なるほど……それで、どんな問題があるのですか？」

「ああ……どうやら、スタンピードが起きそうなのだ」

スタンピード……確か、大勢の魔物が押し寄せることだったな。

「エイルの北部は深い森になっていて、そこには魔物がたくさん棲《す》んでいる。奴らは普段、森から出ることは少ないのだが、時折縄張り争いがあって、その影響で魔物達が人里に押し寄せてくることがある」

「なるほど、その予兆があると？」

「ああ。場合によっては、我が国から援軍を送る必要があるかもしれない。そのための視察だ」

王女であるユリアが見て判断すれば、そのまま国王に情報が行くというわけか。

「ワフッ！」

「ひゃあ!? ど、どうしたのだ？」

俺が考えている間に、足元にいるセツがユリアの手を舐めたらしい。

「きっと、僕が手伝うって言ってるのでは？」

ノエルやクラリスのようにセツの言葉がはっきり理解できるわけではないが、俺にもそれくらいはわかる。

「そうか。しかし、お前達を巻き込むわけには……」

「ユリア……もし俺の力が必要ならば、遠慮なく頼ってください」

惚れた女性である前に、彼女は何も知らない俺に、この世界で生きる術《すべ》を教えてくれた。

彼女がいなければ、きっとゴランやエギル、クラリスと仲良くなることもなく……今頃俺はどこかで捕まっているか、もしくは指名手配でもされていたかもしれない。

この恩は返さないといけない。

「いや、しかし……うん、その時は頼らせてもらう」

ユリアはそう言って、軽く微笑んだ。以前のユリアなら断固拒否しただろうが……少しは、信頼してもらえたのかも。

そのまま馬車は進んでいき……日が暮れる頃、都市に到着する。

元いた世界のイタリアの街並みに似た石造りの建物を見ながら通りを進み、馬車は城の前で停車した。

ひとまず降りて、俺達は目の前にある城に向かっていく。

「そういえば、国境から結構近いんですね」

「この国の面積はそこまで広くない。五つ合わせても、我が国の四分の一程度しかないからな。多分、ヒュウガの足なら数日で回れると思う。しかしその割には住民が多いので、我が国に流れてくるというわけだ」

「何故、住民が多いのですか？」

「海に面しているので食材が豊富なこと、付近に豊かな森があること、それから子沢山な獣人達が住む国があるのが主な理由だな」

ユリアがそう答えた次の瞬間――城から金髪の女の子が飛び出してきて、そのままユリアに抱きつく。

「お姉様～‼　会いたかったですわっ！」

「へっ？」

突然の出来事に呆然《ぼうぜん》とする俺を横目に、ユリアが破顔する。

「ふふ、相変わらず元気そうだな？　ロザリー」

「はいっ！　ずっとお待ちしておりましたわっ！」

……あんまり似ていないんだな。

ロザリーと呼ばれた少女は身長も小さいし、全体的に可愛らしい容姿をしていて、ユリアとは正反対な感じだ。

「ほら、ロザリー、挨拶をしてくれ。こんなに早く来られたのは、彼のおかげなんだ。名前はヒュウガという」

「貴方が噂の異世界人ですわね！　わたくしの可愛いお姉様のハートを――むぅ～！」

ロザリーさんが何か言おうとしたが、ユリアが口を塞《ふさ》いでそれを遮《さえぎ》った。

「や、やめないかっ！　というか、誰がそんな情報をっ!?」

なんだ？　まあ、仲良し姉妹ってことか。

「コホン！　失礼いたしました」

彼女は俺に近づき、流れるようにスカートの端《はし》を摘まんで優雅《ゆうが》にお辞儀をした。

「辺境に現れた新星のハンターのヒュウガ様。わたくしの名はロザリー・アーノルドと申します。元マルクス王国が第二王女にして、ユリアお姉様のすぐ下の妹になります」

うわぁ……凄いなぁ、この所作。本物の王女様だ。

「こ、これは丁寧にありがとうございます。俺……私の名前はヒュウガと申します。異世界人で、今はハンターを生業《なりわい》にしております。こっちのフェンリルは、相棒のセツと申します。セツ、挨拶をしなさい」

「ワフッ！」

セツはロザリーさんの前に行き、しっかりとお辞儀をする。

「まあ！　なんて賢いのかしら！　さ、触っても？」

「ええ、平気ですよ。優しく撫でてください」

「では、失礼します……ふわぁぁ……フワフワですわ～」

「ククーン……」

セツは撫でられて気持ちよさそうにしている……相変わらず、女の人が好きらしい。

ロザリーさんとセツが戯《たわむ》れる姿を眺めていると、ユリアが耳打ちした。

「おい、ヒュウガ。私とは随分態度が違うな？」

「いえ、本物の王女様に会うのは初めて……あっ——」

「ほう？　今、お前の目の前にいるのは誰だ？」

「だ、第一王女であるユリア・カサンドラさんですね！」

「ふむ、おかしいな……私の聞き間違いか？」

ユリアがジトッと目を細め、圧をかけてくる。

「い、いえ！　そういう意味ではなくてですね……」

「いいさ、自分が王女らしくないことはわかっている」

「まあ、ユリアは凛々しい感じなので……でも、俺は好きです」

慌ててフォローしたら、ユリアが息を呑む。

「なっ——!?　何を言うか!?」

「庶民的で親しみやすくていいじゃないですか」

「……ふんっ！」

あれ？　なんでだ？　褒めたつもりなのに、ますます機嫌が悪くなったような。

一方、ロザリーさんも何やら呟いている。

「お姉様が翻弄《ほんろう》されているわ……これはこれでアリね……ふふ。セツ君、貴方のご主人様は面白い方ね？」

「ワフッ！」

そんな会話をしていると、城の中から慌てた様子で衛兵が走ってきた。

「お、王妃様〜！　いきなり飛び出して、心配しましたよ！」

「あまり勝手をされると、我々が国王様に怒られてしまいます！」

「あら、仕方ないじゃない。お姉様が来たんですもの」

どうもロザリーさんは勝手に飛び出してきたらしい。こちらもなかなかのお転婆娘《てんばむすめ》さんのようだ。

彼女達のやりとりを見て、ユリアが表情を和らげる。

「政略結婚だから心配していたが、随分と愛されているな……うん、上手くやっているようで良かった」

「妹さんを気にかけていたんですね」

「まあ、な。あいつは私に懐いていたからな」

「――さあ、お姉様、ヒュウガ殿、わたくしがお城を案内いたしますわ。陛下もお二人に会いたがっていますわよ？」

ロザリーさんは俺達を城に案内しながら、昔の話をしてくれた。

「わたくしはマルクスの第二王女でしたが、お姉様とは腹違いで、側室の子なのですわ。あっ、虐《いじ》められていたわけではないですよ？　お父様も、母とわたくしを愛してくださいましたし。ただ、お姉様は特にわたくしを可愛がってくれましたの」

「なるほど、それは嬉しいですね。ユリアは優しい女性ですから」

「まあ！　わかっていらっしゃるのねっ！　みんなは怖い怖い言うけど、お姉様はお優しい方ですわっ！」

「うんうん、普段は凛々しくて厳しそうに見えても、中身はとっても優しくて可愛い方ですから……」

「ひゃい!?」

ロザリーさんと思いがけず盛り上がっていると、ユリアが急に変な声を出した。

「お姉様！　お顔が真っ赤ですわっ！」

「そ、そ、そんなことはないっ！」

「照れていますわ……これは事件ですの！　ヒュウガさん、これからも、お姉様をよろしくお願いいたします」

何故かそんなことを言われたが、異論はないので了承しておく。

「はい、お任せください。ユリアは俺の大切な人です。必ずやお守りいたします」

「まあ！　素敵ですわっ！　ふふ、お姉様の側にいることを認めて差し上げます！」

「あ、ありがとうございます」

よくわからないけれど、妹さんに認められたようだ。これで、一歩前進した……のか？

五分ほど歩いて、ロザリーさんがとある部屋の前で立ち止まる。

「今回は正式な訪問ではないので、陛下の私室でお話をしますわ」

「あの……今更ながら俺、礼儀とかわからないのですが」

俺がそう断りを入れると、ユリアが首を横に振った。

「ああ、気にしなくていい。ヒュウガが異世界人だと知らせてある。その方が、話が早くて助かるんだ。勝手に言ってすまない」

「いえ、もう隠すつもりはないので」

「身構えなくても、お前が思う礼儀で十分通じるから、安心してくれ」

扉が開くと、そこには金髪で精悍な顔つきの男性がいた。

多分、俺と同じくらいの年齢で、体格もがっしりしている。

「ユリア殿、遠路はるばるご苦労だったな」

「いえ、今回は楽なものでしたから」

ユリアとの挨拶が済むと、男性が俺に目を向けた。

「ふむ……お主が例の異世界人か」

「お初にお目にかかります。ヒュウガと申します。異世界人ですが、この世界でハンターを生業としております。こちらは、フェンリルのセツといいます」

「ワフッ！」

俺が紹介すると、セツが小さく吠えて応えた。

「余の名は、クロノス・アーノルド。アーノルド王国の国王にして、自由国家連合エイルの盟主でもある。それにしても……フェンリルを連れておるとは聞いていたが。なるほど、異世界人なら納得もできる。しかも、ドラゴンを従えているとか？」

「いえ、彼は友人です。今回は急ぐ必要があったので、手伝ってもらったのです」

「……ドラゴンが友か。どうやら、伝承通り規格外の存在のようだ」

驚いた様子を見せるクロノスさんに、ユリアがフォローを入れる。

「ご安心ください。彼の人間性は私が保証します」

「ああ、報告は受けている。その気になれば小国程度なら滅ぼせる力を持ちつつも、謙虚《けんきょ》な姿勢で傲慢《ごうまん》さが感じられないと」

えっ？　俺、国を滅ぼせるの？

思わず視線でユリアに問うと、彼女は俺に耳打ちした。

「ヒュウガ、何を惚《とぼ》けている？　まったく、いい加減自覚してくれ」

「はは……すみません」

「まあ、それがヒュウガの良いところでもあるしな」

そんな俺達のやりとりを、クロノスさんとロザリーさんが意味深《いみしん》な目で見ている。

「前途多難《ぜんとたなん》であるが……さて、本題に入ろうか」

——と、クロノスさんが切り出したところで、いきなりロザリーさんに腕を掴まれた。

「ヒュウガさん！　私は、セツ君と遊びたいですわっ！」

「えっと……」

答えに窮《きゅう》していると、クロノスさんが小さく頭を下げた。

「すまん、遊んでやってくれるか？　ロザリーも城の中は退屈らしく、ストレスが溜まっているんだ」

「わかりました。セツ、このお姉さんと遊んでくれるか？」

「ワフッ！」

「セツ君！　行きますわよっ！」

「キャン！」

二人は早速部屋の奥に行き、何やら戯れはじめた。

「ヒュウガ……妹がすまない」

「妻がすまん」

ユリアとクロノスさんが揃って頭を下げる。

「はは……いえ、楽しい方《かた》でいいじゃないですか」

「コホン！　改めて……ヒュウガ殿にもわかるように、我が国の状況を説明しよう」

そう言うと、クロノスさんは、テーブルの上に地図を広げた。

地図といっても、物凄く簡略化されたものだ。まあ、詳細な地図は国家機密にもなり得るからな。

「まずは、我が国の位置だ。お主達が入ってきた西端のマルクスとの国境から続き、中央付近までが我が国だ。北西にはハンター達の国であるファーガス。北東から中央にかけてが獣人の国ワーレン。南東から中央が鳥族の国コンドル。そして南西に位置するのが、商人や職人の国ダレンシャン。ちなみに我が国は、代々このエイルの盟主を担っている」

クロノスさんは、地図を指さしながら説明を続ける。

「我が国とファーガスとワーレンは、北にある森に接しているのだが、最近その森から、魔物が頻《ひん》繁《ぱん》に現れて被害が出ている」

「質問をしてもいいですか？」

「ああ、無論だ」

「ハンターの国と言われるファーガスや、身体能力が高い獣人達がいるワーレンでも、被害が出るんですか？」

話を聞く限り、どちらも手《て》練《だ》れが多そうだ。

「それはもっともな疑問だな。まず第一に魔物が強い。さらに数が多いので、ランク下位のハンターでは相手にならないのだ。それから、強いハンターは皆、辺境の地ナイゼルに行ってしまうのでな」

「それに関しては申し訳ありません」

「なに、ハンターとは自由を求める生き物だ。ユリア殿が謝ることではない」

ユリアが頭を下げるが、クロノスさんは苦笑する。

「他にもいくつか問題はある。鳥族と獣人族は仲が悪いのは知っているな？　彼らは国境で小競《こぜ》り合《あ》いを繰り返していてな……当然、その分、森の警戒に割ける戦力も減る。そしてハンターの国ファーガスと商人達の国ダレンシャンも、仲が良いとは言えない。ハンター達は倒した素材を高く買い取ってほしいが、商人達は安く仕入れたいといった感じで、思惑《おもわく》が噛み合っていないのだ。あとは、森に接していない国は危機感が薄いこともある」

「説明ありがとうございます。おかげで、なんとなく状況がわかりました」

「私も整理ができました。なるほど、相変わらずということですか」

ユリアに相変わらずと言われ、クロノスさんが自嘲する。

「ああ、残念なことにな。我が国は代々盟主を担っているが、実際には調停役にすぎん。それぞれの主張を聞きつつ、折り合いをつけさせる日々だよ」

うわぁ……大変そうだな。

全員が一致することなんて、ありえないだろうし。

「各国の調整に追われ、森の魔物になかなか対処できていないというわけだ」

「それで、何か俺が手伝えることはありますか？」

「安易に手伝ってもらうと……また、うるさいことを言ってくる奴らもいるのでな。とりあえず、今日のところはゆっくりしていってくれ」

「なるほど……ええ、わかりました」

そこで話は終わり、俺達は軽めの夕食をご馳走になった。


食事の後、俺とユリアは別々の部屋へと案内された。

俺は部屋に備えられた高級ホテルのようなふかふかのベッドに横になる。

すると、セツがベッドに飛び込んできた。

「おっと、なんだ？　今日は一緒に寝るか？」

「ワフッ！」

随分嬉しそうに尻尾を振って……そういや、最近はノエルと寝ているから、一緒に寝ることは減ってきたな。

よし、目一杯可愛がってやるとするか。

「こうか！　これが良いのか！」

「キャウン～」

両手で顔周りをゴシゴシしてやると、セツがうっとりした表情になる。

「可愛い奴よ」

「ワフッ！」

しばらくベッドの上でじゃれていると、今度はセツが俺にのしかかってきた。

「うおっ⁉　なんだ⁉　……ほう？　俺と取っ組み合いか、いいだろう」

ベッドから出て、広い部屋で取っ組み合いを始める。

「ガウッ！」

「甘い！」

迫ってくるセツを軽くあしらう。

飛びかかってくるセツの腕を、両手で受け止め、力比べをする。

それにしても、大きくなったなぁ。しかし……

「キャウン⁉」

俺はセツを身体ごと掴んで、ベッドに放り投げる！

「ククーン……」

「ふはは、まだまだだな」

柄《がら》にもなく勝ち誇っていると、背後から声が聞こえる。

「まったく、お前達ときたら……」

振り返ると、苦笑したユリアがいた。

◆ユリア

まったく、何やら騒がしいと思って部屋まで様子を見に来たら、ヒュウガとセツが取っ組み合いをしているではないか。

「まったく、お前達ときたら……」

私がそう言いかけると、ヒュウガが頭を下げた。

「ごめんなさい、ユリア！」

「ま、まだ何も言ってないだろう⁉」

むぅ……こやつの中では、私はすっかり怒る人になっているのか？

私だって、怒りたくて怒っているわけじゃないというのに。

やはり、マリの言う通りにした方がいいのか？


――自由国家連合エイルへと出発する直前、マリが私を呼び止めた。

「ユリア様、その格好で行くのですか？」

「なに？　……どういう意味だ？」

いつもの青い騎士団の制服を着ているが……何か、問題があるのだろうか？

「もっと、可愛い格好で行きましょう。今回は非公式とはいえ、ユリア様は王女としてエイルを訪問するのですよ？　それなりの格好で行かないと」

「い、いや、しかし……」

「ついでに、ヒュウガ殿をメロメロにしましょう」

「なっ⁉　そ、そっちが本題かっ！」

最近、マリは暇さえあればヒュウガの件でからかってくる。

「それでもって、ヒュウガ殿に『俺の女に手を出すな！』とか言ってもらいましょう」

「マリ！　その件については何度も話しただろう！」

私がそう言うと、マリは不満そうに眉根《まゆね》を寄せる。

「相変わらず強情ですね。ヒュウガ殿なら、奴にも勝てますよ？」

「そ、それは、そうかもしれないが……しかし、事はそう単純ではない」

「でも、だったらなおのこと、今回のエイル行きを楽しんだらいいじゃないですか？　良い機会ですから、羽を伸ばしてはどうですか？　ユリア様ってば、ずっと怒ってばかりですから。それではヒュウガ殿に嫌われちゃいますよ？」

「くっ……それは……待て！　別に嫌われたところで」

「はいはい、そういうのは聞き飽きました。とりあえず、可愛い服とか着て、町を一緒に歩いてくるだけです。それで甘えてしまえばいいのです」

……と、マリは言っていたが、これがなかなか難しいのだ。

一瞬、出発前の出来事を思い出してボーッとしていたが、私は改めてヒュウガに呼びかける。

「コホン！　ヒュウガ、明日は出かけるぞ。この町を案内してやる。それに、何やら探している物があるんだろう？」

「へ？　ありがとうございます！　めちゃくちゃ楽しみです！」

「そ、そうか……ふふ、では決まりだ。じゃあ、また明日」

「ええ、おやすみなさい」

「ああ、おやすみ」

扉を閉めて部屋から出ると……中からヒュウガ達の声が僅かに漏れ聞こえてくる。

「セツ！　デートだっ！」

「ワフッ！」
デ、デート⁉
い、いや、そんなつもりは……少し、羽を伸ばすくらいは許されるだろうか？

◆

翌朝、俺が目を覚ますとすぐに、セツが顔を舐め回してきた。

すっかりよだれまみれになってしまったが、セツの満足そうな顔を見ると、怒る気にはならない。

「さて、シャワーを浴びるか」

部屋に付いているシャワー室で、よだれと汚れを落とす。

そして、ちょうどシャワー室から出たタイミングで、ドアがノックされた。

「うん？　誰だ？」

特に何も考えずに、ドアを開けてみると……ユリアが訪ねてきたようだ。

「ヒュウガ、起きていた――ニャア!?　な、なんで服を着ていないんだっ！」

しかし、彼女は妙に可愛らしい声を出して、硬直してしまった。

「――えっ？　いや、着ているじゃないですか」

一瞬焦《あせ》ったが、俺はきちんと下着は穿《は》いている。上は裸だか、タオルをかけているし。

「じょ、上半身が裸じゃないかっ！」

「へっ？　まあ、そうですけど……」

あれ？　彼女は普段兵士を束ねているくらいだし、これくらい見慣れているのでは？

ユリアと鍛錬場で稽古《けいこ》した時だって、周りに上半身は脱いでいる人がちらほらいたし。

それなのに、彼女は妙に取り乱した様子だ。

「い、いいからっ！　早く服を着ろ！」

「は、はぁ……扉を閉めれば良いのでは？」

「……っ～!!」

顔を真っ赤にしたユリアが、扉を思い切り閉めた。

「ククーン……」

振り向くと、セツが哀《あわ》れみの目で俺を見ていた。

「セツ？　俺は何か間違ったか？」

「ハフゥ……」

セツは「やれやれ」と言いたげな表情だ……解《げ》せぬ。

ひとまず、魔法で髪や体を乾かして、服を着る。

「ユリア、着替えましたよ」

「う、うむ……何を見ている？」

「い、いえ……すみません、てっきり見慣れているものかと」

「なっ――!?　お、男の人裸なんか見たことないっ！」

「そうでしたか、それは申し訳ないことを……」

「い、いや、いいんだ。私こそ、取り乱してすまない……いい歳した女のくせにって思ったか？」

「いいえ、そんなことはありませんよ。俺も、似たようなものですし」

「そ、そうなのか……ふふ、そうか」

しばしの気まずい空気の後、小さく噴き出したユリアは、セツを引き連れて軽やかに歩き出す。

「よし、朝ご飯を食べに行くぞ！　セツ！　お前もだっ！」

「キャウン！」

よくわからないが、機嫌が良くなったからいいか。

ちなみに、朝食はバイキング形式だった。

人々が適当に食事をよそって、勝手に席についている。

「ここは毎日こんな感じらしい。何せ、国王すら同じ物を食べている。無論、役職ごとに時間をずらしてはいるがな。私達は、客人扱いだ」

「珍しいですが、いっぺんに作れば節約になりますし、片付けも楽そうですね」

「それもあるな。一番の理由は多種族が住んでいる国だからだ」

「……なるほど、種族によって食べられるものや好みが結構違うんですね？」

「ああ、そういうことだ。まあ、異種族が集まるという点では、ナイゼルも似たようなものだがな」

……つまり、ナイゼルで店を出すなら、俺もバイキング形式にした方がいいのか？

確かに、そっちの方が利点はありそうだが……うむ、少し検討してみよう。

その後、各々好きなメニューをたらふく食べて一服したところで、ユリアが立ち上がった。

「ヒュウガ、この後軽く運動をしないか？　久々に相手をしてほしい」

「ええ、もちろんです。あれからも、続けていますか？」

「ふふ、それは見てのお楽しみだな」

今までも、頻度は少ないが、何度か稽古はしていた。

しかし、このところはできていない。単純にユリアは忙しいし、俺にも色々あったからだ。


早速城の訓練所の一画を借りて……それぞれに剣を構える。

「どこからでもいいですよ」

「では——参る！」

その声と共に、ユリアは上段の構えから一歩踏み込んで、まっすぐに剣を振り下ろす。

ギィン！　という音と共に、腕に力がかかる。

そして、そのまま……剣道で言う面打ちの状態を維持する。

俺は受けに徹して、ユリアに好きに打たせる形だ。

そのまま、十分ほど打たせて……

「ユリア、一度やめましょう」

「ふぅ……ああ、そうしよう」

「良いですね。無駄な力が入っていなくて、体全体を使って振れていましたよ」

「ふふ、そうか。これでも、暇を見ては鍛錬していたからな。ヒュウガに言われた通りに、短い時間でもコツコツとな」

ユリアには以前、剣道の型を教えておいた。

ステータスの力に任せた攻撃ではなく、体全体を使って威力を上げることや、特殊な構えなどで受け流すことを。

「ええ、できていると思いますよ」

そんな話をしていると、セツが俺の周りをウロウロして、何かを訴えている。

「なんだ……お前も、稽古がしたいのか？」

ユリアがそう問いかけると、セツは「ワフッ！」と鳴いて頷いた。

「ふむ……ちょうどいいかもしれませんね。セツ、ユリアと遊んであげなさい」

「何をするんだ？」

ユリアはきょとんとしているが、物は試しとばかりに、俺はセツに指示を出す。

「ユリアの特訓ですね。セツ、ユリアをスピードで翻弄しろ」

「ワフッ！」

「よくわからないが……やってみよう」

俺は離れて、様子を見る。

セツはユリアの周りをウロウロしていたかと思うと……一気に飛びかかる！

「くっ!?」

「セツ！　当てるなよっ⁉」

セツは、ユリアの横を高速で通り過ぎる。

「は、速い……目で追えなかった」

「ユリア、単純に見ようとするだけではダメです。相手の予備動作、気配、それらを感じてください。その感覚は、ステータスに依存しないはず。積み重ねた努力が必要です」

俺は剣道の経験から理解している。相手を目で追っていたのではどうにもならない。目も必要だが、それ以上に感覚がものを言う。

「予備動作……気配、感覚……よし、やってみる」

「セツ、お前は触られたら負けだ。わかったな？」

「ワフッ！」

再びセツが周りをウロウロし……一気に飛びかかる！

「くっ！」

さすがに、ユリアも簡単にはセツに触《さわ》れないようだ。反応がワンテンポ遅れている。

やはり、セツは速くなったな。スピードだけなら俺とさほど変わらないかもしれない。

……そして、数分後。

「はぁ、はぁ、はぁ……」

「ワフッ！」

「ここまでにしましょうか。セツ、楽しかったか？」

「キャン！」

セツが元気に返事をする一方、ユリアは肩で息をしている。

「まさか、一度も触《さわ》れないとは……これが、フェンリルか。ちょっと前までは、まるで違う……はぁ」

い、いかん！　自信を失くさせてしまった！

「ユリアだって成長していますから！　俺とセツならいくらでも付き合いますから！　なっ⁉」

「ワフッ！」

セツもユリアを元気づけるように吠える。

「……ふふ、ありがとう二人とも。では、また付き合ってもらうとするか。さて……シャワーを浴びてくる。その後、出かけるとしよう」

「わかりました。では、俺はセツと遊んでいますね」

「やれやれ、ヒュウガやセツは汗ひとつかいてないのか。精進《しょうじん》が必要だな」

そう呟きながらも、ユリアは颯爽《さっそう》と去っていく。

すると、入れ替わりでロザリーさんがやって来た。

「ヒュウガさん、セツ君、おはようございます」

「おはようございます、ロザリーさん」

「キャン！」

「本日は自由に過ごしていただいて結構ですが、せっかくですし、お姉様を連れてお出かけしてみてはどうでしょう？」

「えっ？　まあ、そのつもりでしたけど……」

そう答えると、ロザリーさんは急に手を叩いて喜んだ。

「まあ！　素敵ですわっ！　こうしてはいられません！」

そう言って、彼女は慌ただしく戻っていった。

はて？　一体、なんだったんだろうか？

◆ユリア

……まったく、私としたことが。

ヒュウガとセツとの稽古を終えた私は、シャワーを浴びながら今朝の出来事を思い出す。

軍学校や、仕事中でも見慣れているし、男の裸なんか平気なはずなのに……何故かヒュウガを見て取り乱してしまった。

確かに、私はヒュウガに惹《ひ》かれている自覚はあるが、ここまで意識はしてなかったはず。

まさか、マリの言葉を鵜呑《うの》みにしてしまった？

彼女が言っていたように、ヒュウガならなんとかしてくれると……

奴を倒して、私を解き放ってくれると……ええい！　男に頼るなど、私らしくもないっ！

私は雑念を払うように、思いきりシャワーを浴びた。

身体を乾かし、いつもの騎士団の服に着替えていると、ロザリーが慌てた様子で部屋に駆け込んできた。

「お姉様！　もう、そのような格好では困りますわ！」

「ロザリー!?　な、なんだ、いきなり？」

そんなに変だろうか？　いつもの服なのだが……

「さあ！　こっちですわ！」

「ま、待て！　引っ張るな！」

意外と力強いロザリーに連れられて、別の部屋に移動させられる。

そこには、何故が獣人族のメイド達が待ち構えていた。

「な、なんだ？」

「ふふ、さあ——やっておしまい！」

その声を合図に、メイド達が私を取り囲む。そして、服を剥ぎ取りにかかる。

「や、やめ！　脱がすな！　どこを触って……！」

「ふふ、無駄ですわ。特に力が強い者を集めましたわ」

な、なんという無駄使い⁉　何故着替えさせようとするかはわからないが……仕方ない。

言い出したら聞かない子だ。ここは、甘んじて受け入れるとしよう。

「だが、何が目的だ、ロザリー？」

「お姉様は、ヒュウガさんとおデートするのでしょう？」

「べ、別にデートいうわけでは……」

「町を案内するのでは？」

「そ、それはそうだが……」

「男女が二人で町を歩けば、それは立派なデートですわ」

「……間違ってはいないが」

「お姉様、楽しみましょう。それと、ヒュウガさんなら平気ですわ」

ロザリーは意味深に微笑む。一体何を知っているというのだ。まさか、マリあたりが何か入れ知恵しているのか？

「もっと素直《すなお》になっていいんですわ。そして、ヒュウガさんは頼ってくださるのを待っていますわよ？」

「……そうなのか？」

「ええ、わかりやすいですし。あれは、お姉様にベタ惚れですわ」

「なっ――⁉」

そ、そうなのか⁉　いや、自覚していないわけじゃなかったが……

「まあ、お姉様ったら、女の顔になって……見たことない顔ですわ」

「うぅ……」

「ふふ、楽しみですわね」

そして、三十分後……私はロザリーが用意した服に着替えさせられていた。

「まあ！　これならイチコロですわ！　さあ、行きましょう！」

「こ、心の準備が！」

「早く早く！」

私はロザリーに急《せ》き立《た》てられるように、ヒュウガのもとに連れて行かれる。

でも、本気で抵抗しなかったのは……どこかでこうしたかったからなのかもしれない。

……ヒュウガは、似合っていると言ってくれるかな？

◆

「……遅いなぁ。何かあったかな？」

稽古の後、シャワーを浴びに行ったユリアを待ちながら、俺は思わずそう呟いた。

「クゥン？」

セツの頬をムニムニしながら待っていると……何やら足音が聞こえてきた。

「ヒュ、ヒュウガ！」

「ユリ……ア？」

振り返ると、いつもの凛々しい感じはなく、おどおどしたユリアがいた。

しかも――ドレスアップした姿で。

銀髪はサイドテールに纏められ、少し巻かれている。

青いドレスは肩が出ていて、綺麗なデコルテが光り輝いて見える。

「へ、変だろうか？」

「いえ――とても綺麗だと思います」

あまりに似合いすぎて、自然と言葉が出てきた。

「へっ？　……な、なっ――あぅぅ……」

「あら、お姉様ったら、お顔が真っ赤ですわ」

悶絶《もんぜつ》するユリアの後ろから、ロザリーさんが顔を出した。

今日はユリアと出かける約束をしている。そして彼女のこの格好……もしや、これは正式なデートというやつか？

そうと決まれば、ここからが勝負だ。

俺は祖父さんの教えを思い出し、スッとひざまずく。そしてユリアに手を差し出し――

「ユリア、俺とデートしてくださいますか？」

「にゃ⁉」

「あら～！　いいですわ！　わたくしが許可します！」

「ロザリー⁉」

勝手に話を進めるロザリーさんに、ユリアは恨めしげな目を向けるが、観念したようにため息をつく。

「はぁ……わかった。では、エスコートを頼めるか？　こういうのは履き慣れていなくてな」

「はい、もちろんです」

今のユリアは高いヒールを履いている。

いつもよりも彼女の頭が高い位置にある。それでも、俺の方が十センチは高い。

祖父さん！　このでかい体が役に立ったよ！

俺は慎重にユリアの手に触れ……

「い、行きましょうか」

「う、うむ……」

「ふふ、初々しいですわ。では、いってらっしゃいませ」

「ワフッ！」

セツはロザリーさんの近くに控《ひか》えたまま、尻尾を振っている。

「セツ？　どうした？」

ついて来ないのかと問うが、セツはロザリーさんの足元から動こうとしない。

「あら！　賢い子！　そうよね！　邪魔しちゃいけないですよね！」

「ワフッ！」

セツは俺に「頑張って！」と言っているかのように一吠えした。

セツ、お前って奴は……お父さんは頑張ってくるよ！


ロザリーさんとセツに見送られて出発した俺達は、城の外を歩いていた。

「これくらいで平気ですか？」

「う、うむ……」

ハイヒールで歩くのに慣れない様子で、ユリアが俺に体を預けてくる。

相変わらずの良い匂いに眩暈《めまい》を覚えるが、今日の俺は一味違う。

ここで退《ひ》くわけにはいかない。勇気を出して、どんどん攻めていかなければ！

「よかったら、腕を組みませんか？」

「なっ――!?　い、いや……」

「嫌ですかね？」

「……べ、別に、嫌というわけではない」

「じゃあ、遠慮なくどうぞ」

「は、はぃ……」

意外と細いユリアの腕が、俺の右腕に絡む。

「じゃあ、商店街を見に行きませんか？」

「あ、ああ……確か、こっちだったはずだ」

ユリアの指示に従って、道を進む。

ただ歩いているだけなのに……この幸福感はなんだ？

黙っているのに、ずっと楽しいし、ドキドキする。

「ヒュウガは、何が欲しいんだ？」

「米……少し丸みを帯びた米ですね。俺がいた世界にあった品種です。クラリスが言うには、この国のどこかにあるそうです」

「よし、探してみるとしよう。その代わり、私にも食べさせてくれよ？」

「ええ、もちろんです」

「ふふ、それは楽しみだ」

まずは、卵かけご飯が食べたいところだ。

意気込んで市場を回ろうとしたところ……意外とあっさりと見つかってしまった。

「こ、これだ！」

とある店に入った瞬間、俺は思わず叫び声を上げた。

色や形、これこそ俺が欲していたものだ。

店主が怪訝な顔を見せる。

「あん？　これが欲しいのか？　物好きな兄ちゃんだな」

「これ、人気ないんですか？」

「ああ、ワーレン国で作っているが……モチャモチャして好かん人が多いな」

……柔らかすぎるってことか。炊き方が悪いのか、あるいは、西洋人系の味覚の人が多いから好みに合わないのか？

「じゃあ、ここにあるだけください」

「はっ？　ま、まあ、いいが……ほらよ」

店主は困惑しながらも、米の在庫をありったけ袋に詰めてくれた。

「ありがとうございます！」

よーし！　これで色々作れるぞ！

これで、ほとんど目的は達成したようなものだ。実に幸先《さいさき》がいい。

その後、気分良く町の中を歩いていると……

一瞬、ユリアが顔をしかめたのが見えた。

「ユリア？」

「い、いや、なんでもないんだ」

俺は祖父さんの言葉を思い出す。

女性のなんでもないは、なんでもないはずがない――だったか？

よく見ると、ユリアの足の動きがおかしい。

「なるほど、そういうことですか。ユリア、失礼します」

「ひゃっ⁉」

俺は優しく、ユリアをお姫様抱っこする。

「足が痛いんですよね？」

「……むぅ」

周囲の視線を気にしているのか、ユリアは少し気まずそうに顔を背《そむ》ける。

「人が多いですし、少し場所を移動しましょう」

「ど、どこに――きゃっ⁉」

俺は彼女を抱えたまま高く跳び、屋根の上に乗る。

人気《ひとけ》のない場所は……あれか。

「行きます」

「ま、待って――ひゃっ⁉」

屋根を伝って、空を飛ぶ。

そして……人が少なく、景色を一望できる丘に到着。そこにあるベンチにユリアを座らせる。

「まったく、お前という奴は！　相変わらず人の話を聞かん！」

「す、すみません……でも、ユリアはこうでもしないと遠慮しますからね」

「むぅ……否定はできんな」

「ほら、足を見せてください」

「あ、ああ……」

意外と華奢な足を見ると……かかとが赤くなっていた。

いわゆる靴擦《くつず》れってやつか。

「少し腫《は》れていますね」

「なに、これくらいなら平気だ。だが、少し休ませてもらおう」

「ええ、それがいいですよ。結構歩きましたし、目的の物も買えましたから」

「その……王女のくせに、女のくせにって思わないのか？」

「ええ、別に。ユリアはユリアですから。多分、こういう靴は履き慣れていないんですよね？」

「そうか、ありがとう。まあ……有り体《あていい》に言えばそうだ」

そう言って、ユリアは空を見上げた。

「ユリア、良かったら……貴方のことを教えてくれませんか？　どんな風に育って、何を見てきたかとか……ダメですかね？」

「……そういえば、お前の話ばかりを聞いておいて、自分のことはあまり話していなかったな。これでは不公平か」

「いえ、俺とは立場が違いますからね」

「……と言っても、そんなに難しい話じゃない」

それから、ユリアは話してくれた。

国王の長女として生を受けたこと。ロザリーさんや、他のきょうだいのこと。

ユリアは昔から可愛げがなく、あまり親や他のきょうだいとの関係が良くなかったらしい。

そんな中、唯一ロザリーさんとその母、そして祖母が彼女の味方だった。

祖母に憧れて兵士の道に進み、その後色々あって……今に至ると。

なるほど……彼女が祖母を慕《した》うように、俺も祖父に憧れていた。だから、お互いにシンパシーを感じたのかもしれないな。

「おいおい、暗い顔をしないでくれ。別に親と仲が悪いことなど珍しくもない。価値観の違いというやつだ。むしろ、悪いのは私だ……王族の血を引きながらも、政治の道具になることも拒否し……女らしさのかけらもないことをやっている」

そう言って、ユリアは少し寂しそうに笑った。

「自分のやりたいことをやるって……そんなに悪いことですか？」

「……なに？」

「迷惑をかけているなら別ですけど、ユリアはしっかりと仕事をしていますし、みんなにも慕われています」

「あ、ありがとう……しかし、王族の一人としては……」

「でもそれって、ユリアを犠牲にしないと成り立たない状況にしている人がいけないと思いますけど……」

どんな生まれだろうが、きちんと決めた道があるなら……それに進んでもいいじゃないか。

祖父さんもそう言っていた。

何がユリアを苦しめているのかわからないが……俺はユリアの力になれるのだろうか？

「ユリア、俺は貴方の助けになりたいと思っています……俺では力になれませんか？」

「し、しかし……異世界人であるお前を巻き込むわけには……」

躊躇するユリアに、俺はきっぱり言い放つ。

「俺はもう、この世界の人間です。俺は貴方のおかげで、この世界で生きていく決心がつきました。その貴方に、どうか恩を返す機会を与えてくれませんか？」

「ず、ずるいぞ！　そんな言い方……わ、私は……お前を利用したくない」

「いいえ、利用ではありません。これは借りを返すだけですから」

間違いなく、俺はユリアに助けられた。初めて会ったのが、この人でなかったら……どうなっていたか。

「ヒュウガ……相変わらずだな。そうか……では、少し話を聞いてくれるか？」

「ええ、もちろんです」

ユリアは観念した様子で話しはじめた。

「実は……私には婚約者がいてな。相手は、ガレス帝国の第一皇子——デュランだ」

「……へっ？」

……いや、そりゃそうだよなぁ。婚約者くらいいるよな、普通に考えれば……

「ヒュウガ……なんという顔をしているんだ」

「えっ？」

どうやら、ショックが顔に出ていたらしい。

「いや、いい……だが、私は断りたい」

おっと、話が変わってきたな。

「なるほど……理由を聞いても？」

「その男は傲慢で、ろくでもない男だからだ。私という女を屈服《くっぷく》させたいという欲求で結婚を申し込んできたにすぎない。ただの身体目当てで、私を手篭《てご》めにしたいだけなのだ」

「クズですね。女性をなんだと思っているんだか。最低な男だということが明らかなら、どうして断れなかったのですか？」

「近年活発化している魔物に対抗するために、我がマルクス王国とガレス帝国の間で同盟を結ぶという話が発端《ほったん》だった。その時、同盟の条件として第一皇子が私を要求してきたのだ。マルクス王国と帝国の国力を比べると、あちらの方が上だ。特に、兵力面では圧倒的にな。そして、デュランはA級ハンターでもあり、最強の男と言われている」

なるほど……だから、簡単に断るわけにはいかなかったのか。

「一国の王女であろうとも娼婦のごとく扱うデュランの無礼な態度には、当然反発もあった。両親も素直に婚姻《こんいん》を認めれば、相手がつけ上がるのはわかっていたしな。しかし、魔物の活発化という危機を前に、マルクス王国と帝国が事を構えるような事態は、なんとしても避けねばならなかった」

「みんなが力を合わせなければならない時に、和を乱すような物言いですね」

「ああ。そこで、さすがのデュランも条件を出してきた。対等な同盟が結びたいなら……自分より強い奴を用意しろと。そして、一対一の戦いで勝ってみせろと……」

なるほど、そういう流れか。

俺にも話が見えてきた。

「……それで、その皇子に対抗できる人材はいるのですか？」

「残念ながら……いないな。だから、私は監査官の任を受け、辺境のナイゼルに逃れてきた。結婚までの時間稼ぎと、自分を磨いて強くなるために。幸い、あちらは気長に待つつもりだった……いや、私が絶望して、自分から懇願してくるのを楽しみに待っていると言った方が正しいか。昔から、そういう男だった」

俺のすべきことが決まった。

今こそ、彼女に恩を返す時だ。

「ユリア——俺なら、その男に勝てますか？」

するとユリアは、今にも泣きそうな表情で声を荒らげる。

「この馬鹿！　お前はわかっていない！　勝てる勝てないではなく、一度そんなことをしてしまったら……二度と平穏には戻れなくなる！」

「ここでユリアを放っておく方が、俺にとっては辛いです」

「だから私は、お前に言いたくなかったんだ……お前なら、そう言ってくれるとわかっていたから……」

「ユリア……」

「いや、違うな……馬鹿なのは私だ……そう思いつつも、どこかで期待していた自分がいる……うぅ、すまない」

俺は泣いているユリアをそっと抱きしめる。

なんて華奢なんだ……今まで、この体で頑張ってきたのか。

……帝国の皇子だがなんだか知らないが、俺が相手になってやる。

◆ユリア

……ついにデュランのことを言ってしまった。

ヒュウガにだけは、絶対に言わないと決めていたのに。

彼とは対等でいたいから……王女でなく、ただのユリアとして。

この私が一人の女性として、男性に甘えたいなど。

生涯抱くはずがなかった感情を抱いてしまった。

あの後、ヒュウガにおぶってもらい……私は城へと戻ってきた。

そして、着替えをしながら……悶《もだ》える。

「っ〜‼」

わ、私はなんということを⁉　男性の前で、泣いてしまうなんて……！

そういう泣き落としで男を動かすような女性を毛嫌いしていたはずなのに……

だが、どうしてか……悪くない気分になる。心が温かくなって、なんだかフワフワする。

「この私が……恋をしたのか」

「お姉様‼」

「うひゃあ⁉」

いつの間にか、ロザリーが部屋に入ってきていたようだ。彼女はニヤニヤしながら聞いてくる。

「何があったんです、お姉様？」

「う、うむ、実は……」

自分が整理するためにも、今日の出来事を妹に話してみる。

「へぇ～、いい男なんですね」

「ああ、それだけは同意する」

「好きなんですよね？」

ロザリーが核心を衝《つ》いた質問を放ってくる。

「……そうだと思う」

「まあ！　お認めになるなんて！」

「うぅ……」

は、恥ずかしい……みんな、このようなことを経験しているのか⁉

「それで、どうなさるのですか？」

「どうって……わからない」

あの後、ヒュウガも黙り込んでしまうし……私も、気恥ずかしくて何も言えなかった。

「なるほどなるほど……ひとまず前進はしましたが、まだまだ前途多難ということですわね。でも、あのお姉様が……恋ですか。ふふ、みんなが聞いたら驚きますわね」

「い、言うなよ⁉」

「ええ、もちろんです。今はまだ早いですわ」

私はヒュウガを好きでいていいのだろうか？

ただの女のように、甘えてしまってもいいのだろうか？

いや、それだけはダメだな。

私なりにできることを、全力でやるしかあるまい。

第四章　強敵が現れたようだ

セツ、大変だ！　ユ、ユリアを抱きしめてしまった……！

「ワフッ」

セツは俺に手を触《ふ》れて「まあ、落ち着いてよ」とでも言いたげだ。

いかんいかん、今は浮かれている場合じゃない。

「デュランとかいう男にユリアを渡すわけにはいかない。俺が相手になってやる」

俺が決意を口にすると、セツが応援するように吠えてくれた。

さて、無事に米も手に入ったし、後は帰るだけだ。

……と思ったが、そうはいかないようだ。

ユリアが部屋に飛び込んできて……俺はそのまま、クロノスさんの部屋に連れてかれる。

室内にはクロノスさんをはじめ、この国の重鎮や軍関係者と思《おぼ》しき人達が集まっていた。

「何があったので？」

俺の質問に、クロノスさんが険しい顔で答える。

「うむ……スタンピードが起きてしまった。まだ時間があると踏んでいたが……たった今、北部にある関所が魔物に襲われている」

「住民の被害は？」

「幸い、避難は済んでいるが……このままでは、いずれ」

先程から、部屋に集まった人達の視線が俺に向けられている。

きっと、俺に求めているのは……まあ、良い機会か。

「ユリア……俺が出ます」

「い、いや、しかし……」

「言い方はアレですが……ここで活躍して箔《はく》をつけたいと思います。何より、魔物を倒して力をつけて……それでもって――例の男を粉砕します」

「あぅあぅ……」

言葉を失っているユリアを見て、クロノスさんが笑う。

「……ん、ユリア殿？　そなたに、そんな顔をさせる男がいるとはな……フハハッ！」

次いで、クロノスさんは俺に視線を移す。

「……して、ヒュウガ殿、いいのか？　私としては非常に助かるが」

「その場合は、B級ハンターとして参加します。報酬は色をつけてもらえますよね？」

「ああ、もちろんだ」

「ヒュウガ！」

ユリアが咎めるような目を向けてくるが、俺は首を横に振る。

「大丈夫ですよ。俺にも得はありますから。これから店を持つのに、お金はいくらあってもいいですからね」

「それはそうだが……」

「貴方の守りたいものを、俺にも守らせてください。ここには、大事な妹さんがいるのですから」

「うぅー……す、好きにしろ！」

「ええ、そうしますね」

何故か悔しがっているユリアは置いといて……クロノスさんと話を進める。

「では、すぐに向かうので、大まかな場所だけ教えてください」

「わかった……貴殿は速さも凄《すさ》まじいという話だったな。地図を用意させよう。それから、手紙を書くから、十分だけ待ってくれ。あっちに行って、困らないようにな」

「ええ、お願いします」

手紙を待つ間に、俺は自分の部屋に戻り、セツに事情を話す。

「セツ、今回はついてこい。お前ももう大人に近い。行けるな？」

「ガウッ！」

「良い顔だ。俺をがっかりさせるなよ？」

あえて、挑発するように言うと……

「アォオーン！」

セツは気合いの入った雄叫《おたけ》びで応えたのだった。


その後、クロノスさんから手紙を受け取った俺は、そのまま城を出る。

町の出口では、ユリアとロザリーさんが見送ってくれた。

「ヒュウガ、その、なんだ……気をつけてな」

「ええ、その言葉があれば十分です」

ユリアは恥ずかしそうに目を伏せて、何やら呟く。

「う、うむ……そうか、世の中の女性は恋人を戦地に送る時、こんな気持ちになるのか」

「ユリア？」

「い、いや！　なんでもない！」

はて、この場面のどこに赤くなる要素があったのだろう？

不思議に思って見ていると、ロザリーさんがユリアに耳打ちしはじめる。

「むむ……これはこれは……お姉様！　ごにょごにょ……」

「えっ!?　そ、そんなこと！」

「早くしないと、犠牲者が……」

「わ、わかった！　ヒュウガ！　目をつぶれ！」

「は、はい」

ユリアに言われるがままに目を瞑《つぶ》ると……頬に何か温かいものが触れた。

「へっ？」

い、今のは……まさか、ほっぺにキス？

「お、おまじないだ……戦地に赴《おもむ》くお前にな……ほら、行け！」

「は、はいっ！」

全身に未知なるエネルギーを感じ……俺はセツと共に大地を駆け抜ける。

今ならどんな敵でも勝てる気がする！

◆

城でもらった簡易的な地図に従って、俺は街道をひたすら走っていく。

「セツ！　ついてこられるか!?」

「ワフッ！」

セツはすでに速力のステータスがBになっているので、俺の走りになんとかついてきている。これなら、このままでも平気そうだ。

「さすがに、お前を担いで走るのはしんどくなってきたからなぁ……」

抱っこしたら、前が見えないし……おぶっても、無理な体勢になる。

しかし、それを聞いたセツは悲しそうに目を潤《うる》ませる。

「そ、そんな顔するな。緊急じゃなければ、抱っこしてやるから」

「キャウン！」

俺が宥《なだ》めると、即座に元気に吠えるセツ。相変わらず現金な奴だ。

「……さて、お喋りはここまでだ。セツ、敵を見つけ次第――殲滅《せんめつ》しろ」

「ガウッ！」

力強い返事と共に、セツのスピードが上がる。

それにしても、いつまで父親面《ちちおやづら》できるやら……

セツに負けないように、俺もスピードを上げる。

そして、二時間ほど街道をひたすら進むと……

「うわぁ⁉」

「助けて‼」

悲鳴を上げて逃げ惑う人々が、前方から波のように押し寄せてきた。

「とても話を聞ける状態じゃないな……セツ、このまま行こう。どうせ、魔物はこの先にいるはずだ」

「ガウッ！」

人々の間をすり抜けて走り続けると……森が見えてきた。

そこでは、魔物の大群を前に、大勢の兵士やハンターらしき者達が戦っている。

オークにゴブリンに、ゴブリンジェネラルか……うん？　見たことない奴もいるな。緑のフードを被った骸骨《がいこつ》……なんだ、あれは？

「カカカ！」

突然、俺目がけて火の玉が飛んできたので、咄嗟《とっさ》に横に跳躍してそれを躱す。

魔法を使う魔物……確か、スケルトンメイジって奴か。

少しすると、銀色の鎧を着た大男が近づいてきた。

「ここは危険だ、何しに来た⁉」

「B級ハンターのヒュウガ、こちらは相棒のセツです。貴方がここの責任者ですか？」

「今はな。指揮官が死んだから、暫定的にこの場を任されている。将軍補佐官のザラスだ」

「ザラス殿ですね。では、まずはこちらを……」

余計な問答をする時間がもったいないので、クロノスさんから貰った手紙を見せる。

「そ、その封筒は……なに？　この男が？　しかし、冗談を言うようなお方ではない」

「とりあえず、戦線に加わっても？」

「あ、ああ！　もちろんだ！」

手紙の効果は覿面《てきめん》で、すぐに信頼してもらえた。

「では、行きます。セツ、気合いを入れろ！　俺はお前を助けはしないぞ？」

「アォォーン‼」

俺はセツを信頼して、自ら敵陣の中に突撃する！

「ハァ！」

大剣を振り回すだけで、魔物どもが肉塊《にくかい》と化す。

「グルァァァァ‼」

他方、セツは特大のブレスを放ち、スケルトンメイジを魔法ごと凍らせる。

うむ、威力も範囲も申し分ない。これなら、安心して任せられる。

俺はスケルトンメイジを無視して、ひたすらにオークやゴブリンを駆逐《くちく》していく。

その姿を見て、周囲の兵士やハンター達から驚きの声が上がる。

「その方は国王様からの使いだ！　狼は獣魔だから安心しろ！」

ザラス殿の言葉でみんなが落ち着きを取り戻したのを確認し……俺は腹に力を込めて周囲に呼びかける。

「見た通り、少し乱暴な戦い方だっ！　みんな、なるべく俺に近づくな！」

「お、おう！」

「頼りにしてるぜ！」

そして、俺とセツの周りに空白地帯ができる。

「よし、これで遠慮はいらない。セツ、引き続きスケルトンメイジは任せていいか？　頼りにしているよ」

「～!!　キャウン！」

よほど嬉しいのか、セツは尻尾を振り回している。

準備が整ったので……本格的に殲滅開始だ。

俺は大剣を振り回し、ゴブリンをまとめて始末する。

オークは叩きつけるようにして、槍ごと潰す。

オークジェネラルは力を込めて、鎧ごと一刀両断する。

やはり、この剣は良い。単純に殺すだけなら、俺にとって最適な武器だ。

戦場を舞う俺の大剣に吸い寄せられるようにして、魔物達が餌食《えじき》になっていく。

そして、セツの活躍が頼もしい。

横目でチラリと確認すると……

セツは次々と襲いかかる魔物を素早い動きで翻弄し、爪や牙で仕留めていく。

ついこの間、ジェネラルに苦戦していたというのに……これがフェンリルか。

セツを守る必要がなくなった俺は、敵を倒すことに集中した。

「さて……こんなところか」

気がつくと、俺の周りには魔物がいなくなっていた。

「す、すげぇ！　何者だ⁉」

「さすがＢ級ハンターだっ！」

あちこちから兵士達の感嘆の声が聞こえる。

「ふぅ……どうやら、少しは名をあげることができ……なんだ⁉」

不意に未知の気配を感じ取った俺は、森に視線を向ける。

セツも警戒して唸っている。

その直後……森から頭に角を生やした巨大な人影が出てきた。

般若《はんにゃ》みたいな顔、緑色の皮膚に覆われた身体は筋骨隆々《きんこつりゅうりゅう》で、二メートル以上。手には棍棒を持っている。

まさに鬼と言うべき魔物の姿を目にして、兵士達に動揺が広がる。

「オ、オーガだアァ！」

「く、食われたくないい‼」

オーガか。初めて見るが、確か食人鬼として恐れられているらしい。

図鑑によると……

オーガは恐怖の象徴。普段は森の奥深くに棲息《せいそく》して、目撃証言は少ない。

しかし、お腹が空くと人里に下りてくる。大食漢で……一度現れたら、何十人もが生きたまま食われる。

「ヒュウガ殿！」

暫定指揮官のザラス殿が、駆け寄ってくる。

「ザラス殿、オーガって、何級ですか？」

「奴はB級下位に位置する。その強さもさることながら、人に潜在的恐怖を与える……むっ⁉　ま、まさか……三体も⁉」

ザラス殿の声に反応して森に視線を向けると、さらに二体のオーガが出てくるところだった。それぞれ位置が離れているので……一度に相手するのは無理か。

「ここに、アレを倒せる者は？」

「強い者は皆、これまでの戦いで負傷するか体力を消耗するかしている。それに東西の森でも魔物が溢れているから、そちらの方にも戦力を回しているのだ」

「では、俺が相手をします」

「おおっ！　助かる！　し、しかし、三体いるが……」

ザラス殿の言葉を聞き、セツが俺に訴えかけてくる……僕にやらせてと。

セツのステータスは、C級上位クラス……少し厳しいが、やらせてみるか。

「わかった……セツ、一体はお前が相手にしろ。左から出てきた奴を頼む」

「アオーン！」

歓喜の遠吠えをして、セツが駆け出していく。

心配だが、これもセツのためだ。

「じゃあ、俺は真ん中の奴を仕留めます。右側にいる奴は、そちらで時間を稼いでください。中央のを仕留めてから、俺が相手をします」

「なっ⁉　い、いや……国王様が言うのだ、信じよう」

「お任せを――参る！」

俺は大剣を構えて、大地を駆ける！

オーガの咆哮《ほうこう》により、戦場の兵士達が次々と腰を抜かして動けなくなっていく。

チッ！　あれを使って、生きたまま人を食らうのか！

「ウラァァァ！」

俺はオーガに対抗するように、声を張り上げる。

「おおっ⁉」

「身体が動く⁉」

よし、成功だ。兵士達がよろよろと立ち上がりはじめた。

腰を抜かした奴には活を入れろって、祖父さんが言っていたからな。

「どいていろ！　俺が奴の相手をする！」

兵士達と入れ替わり、オーガと対峙《たいじ》する。

実力はこちらが上だが、慎重に、冷静に、油断なく相手の様子を見る。

どんなに強かろうと、負ける時は負けるのだ。

『ニ、ニンゲンノブンザイデ……』

オーガが不気味な声で威嚇《いかく》してくる。

人の言葉を使うのか。確かに、高位の魔物は言葉を話すと聞くが……

おそらく、肉体の構造が人に近いのも一因だろう。

「しかし、経験を積んでおいてよかったな……初見だったら、迷いが生じるところだった」

『ナニヲ、イッテイル？　オマエモクッテヤル！』

「やれるものならな！」

振り下ろされた棍棒と、俺の大剣が激突する！

『ナニ!?』

鍔迫《つばぜ》り合《あ》いの状態から、俺は力を込めて相手を突き飛ばし……連撃を繰り出す！

「うぉぉぉ!!」

『グゥ……！』

奴は必死に攻撃を防御しているが、次第に傷を負い、所々から血を流しはじめる。

力はゴラン並み……技術や速さはそれほどない……だが、身体は丈夫そうだ。

「すまんな、すぐに殺してやらないで」

『ナ、ナニィ！　ニ、ニンゲンゴドキガァァァ！』

このクラスの魔物と戦うのは初めてだ。

いずれ俺より強い者も現れるだろう。

だから、俺はもっと強くならねばならない。何よりも、ユリアのために！

俺は上段に剣を構え、精神を統一する。

『バカメ！　オレノガハヤイ！』

棍棒を構えて迫り来る奴に合わせ――

「一刀斬馬《いっとうざんば》！」

次の瞬間、一刀両断されたオーガの身体が半分に分かれ……地に伏せる。

『ガッ!?　……ナンデ、サキニコウゲキシタオレガ……』

「簡単なことだ。お前の攻撃スピードより、俺の振り下ろしが速かっただけだ」

まったく……祖父さんも、どんなつもりでこの技を教えたんだか。

騎馬を一刀両断する目的で作られた剣技だが……この世界では使えるな。

これでオーガという魔物の性質がわかってきた。

言語を話すものの、頭はそこまで良くない。パワーはかなりのものだが、技術が足りない。

身体はかなり硬く、丈夫だ。

その後、俺はすぐにもう一体のオーガに肉薄し……奴の棍棒ごと身体を粉砕する！

『オ、オノレェェ……』

「ふぅ……これでよしと」

「す、すげぇ！　あのオーガを一撃で！」

「これが英雄クラスか！」

「あの狼も凄いわ！」

周囲から歓声が上がる。

ふむ、悪くない反応だ。祭り上げられるのは、興味なかったが……これも、ユリアと釣り合う男になるために必要なら、受け入れよう。

さて、セツの方はどうかな？

◆セツ

お父さんにオーガを一体任された。

僕は……この時を、ずっと待っていたんだ！

そう、今こそ……お父さんに日々の鍛錬の成果を見せる時だ！

僕は逸《はや》る気持ちを抑えながら、草原を駆け抜ける。

人々に襲いかかっているオーガに、体当たりをかます！

「ゴァァ⁉」

「ワフッ（今のうちに逃げて）！」

「よ、よくわからないが、助かった！」

オーガにやられていた人達が逃げていき……よし、これで戦いに専念できる。

『ナンダ、キサマハ？』

「ガウッ（僕が相手だ）！」

『マモノノクセニ、ニンゲンノミカタヲスルトハ……シネ！』

オーガの棍棒が、連続で振り下ろされる。

ふふん、エギルさんより遅いよ。でも、当たったら、僕は大ダメージを負う。

油断だけは絶対しない……確実に避けて、チャンスを待つんだ！

「ガウッ（そんなものか）！」

『ナ、ナメルナァァ‼』

よし！　どんどん攻撃してこい！

その間に僕は、密かに準備をして……その時を待つ。

そして……絶好のチャンスが訪れた。

奴が疲れて、一度立ち止まる。

『ゴァァァ……ス、スバヤイ』

今だ！　奴が疲れた隙をついて――魔力を溜めに溜めた、特大の氷の刃を放つ！
「アオーン（氷刃《アイスカッター》）！」
その刃は、棍棒ごと相手を斬り裂いた。
『グォォォ!?　ガハッ!?　……ケ、ケモノゴトキニ……』
まだだよ……全身から血を流しているけど、油断はできない！
確実に仕留めるなら……ここで！
「グルァァァ（くらえぇぇー）！」
僕は残りの魔力を全て使って、自分の周囲に氷の礫を出現させ――それを一斉に放つ！
『グヌッ！　ガッ！　オ、オレレェェ……ガハッ』
傷口に氷の礫を食らったオーガは……地に伏せた。
よし！　確実に倒した！
パパ！　やったよ！　きっとこれで、また抱っこしてもらえるね！

◆

「そうか……ようやく、ここまで来たか」

セツが格上のオーガを倒したところを見て、俺は感傷に浸《ひた》っていた。

あの小さかったセツが……俺の腕の中で、抱かれていたセツが。

名前も知らない母狼よ……貴方の息子は、立派なフェンリルになろうとしています。

俺がしみじみとしていると、セツが駆け寄ってくる。

「ワフッ！」

「ああ、偉いな……よく頑張った」

誇らしげに吠える姿を見て……俺は思わず後ろを向く。

そうしないと、涙を見られてしまう。

「ス、スゲェ！」

「オーガ三体を倒しちまったぜ！」

「さすがB級ハンターだ！」

よしよし、セツと俺の名前を覚えてもらうために、俺はあえて大声で名乗りを上げる。

「我が名はB級ハンターのヒュウガ！　そして、この狼は相棒のセツ！　何か仕事の依頼があれば、辺境都市ナイゼルに来るといい！　いつでも依頼を受けよう！」

「「「オォォォ——!!」」」

そこへ、ザラス殿もやってくる。

「ヒュウガ殿、感謝する」

「いえ、俺は美味しいところを持っていっただけです。ここで魔物を抑えていた方々こそが、賞賛されるべきです」

「そうか、そう言ってくれるか……ふむ、国王陛下の目に狂いはなかったな」

ザラス殿は感心している様子だが……

「グルルッ！」

何やら、セツの様子がおかしい。オーガを倒すほどのフェンリルが、震えている？

次の瞬間——俺にも、セツが何に反応しているのかがわかった。

「なんだ？　この悪寒《おかん》は？」

俺が森を振り返った、次の瞬間——

「ぐぁぁぁ!?」

「がはっ!?」

前線のハンター達が次々と吹っ飛んでいくのが見えた。

「な、何が起きている!?」

「グルル……」

セツが唸った時、それは現れた。

「あれは……赤いオーガ？」

先程の緑色のオーガより、一回り大きい。

その手には何も武器を持っていないものの、全身の筋肉は一層膨張し、肉の鎧と化している。あれなら、身体自体が凶器だ。武器などいらないだろう。

『キサマラァァ！』

憤怒《ふんぬ》に満ちた目で、赤いオーガが叫んだ。

「レ、レッドオーガだァァ！」

「さっきの三匹は、こいつの手下だったんだ！」

ハンター達の怯えようは、さっきの比ではない。

「ザラス殿、レッドオーガとは？」

「レッドオーガ……またの名をオーガジェネラルという。B級上位で、オーガを従えることができる……まさか、こんなところまでやってくるとは……あんなの、英雄クラスでないと――はっ！」

縋《すが》るようなザラス殿の視線が、俺に向けられる。

「ええ。ここにいますよ、英雄クラスなら」

「い、いけるのか？」

俺は、レッドオーガの姿をもう一度見る。

……強い。今まで戦った魔物の中でも屈指の強さを誇っているのは間違いない。

それでも、俺は迷いなく返事をする。

「お任せを！　セツ！」

セツに声をかけるが、その尻尾は丸まっている……戦意喪失《せんいそうしつ》か。

「セツ、それは恥ではない。己と相手の力量を測れるのも、強くなった証拠だ」

「ククーン……」

それでも、本人は怯えていることを悔しがっている様子だ。

「わかっている。いつか、負けるとわかっていても、戦わないといけない時が来るかもしれない。

だが、それは今じゃない。ここに俺がいるからだ」

「ガウッ……」

「だから、よく見ていろ。俺がお前に強さを――戦いを見せてやる！」

「アオーン！」

セツの目に力が宿る。

よし……ならば俺も、本気で行くとしよう。

「スゥ……俺が相手だァァ！」

張り上げた俺の声に大気が揺らぎ、奴が反応する。

『キサマガ、ワガシモベヲ……ユルサン！』

まだ離れているにもかかわらず、奴は怒りにまかせて拳《こぶし》を放った。

次の瞬間、俺は直接殴《なぐ》られたかのような物凄い衝撃を肩に受けた。

「くっ!?　な、なんだ!?」

遠当《とおあ》ての類《たぐい》のようだが、さすがにここは異世界だけある。空気弾でも飛ばしているのか、大した力だ。

『グハハ！　我ノ拳ヲ食ラッテ生キテイルトハ！　オモシロイ！』

次々と、遠当てが飛んでくる。

「チッ！　目に見えないのが一番厄介だな！」

それに、奴はさっきのオーガよりも賢い。言語もはっきりしているし、何より、身体の使い方を知っている。

『グハハ！　一歩モ動ケナイカ!?』

……この野郎。俺は、こんなところで足止めをくらうわけにはいかない。

ユリアを守るため……もっと強くならなければならない！

「舐めるなァア！」

俺は大剣を横薙ぎに振るい、暴風を巻き起こす。

『ナッ!?　我ノ拳ヲカキ消シタ!?』

レッドオーガが驚いた隙をついて、俺は正面から大剣をぶん投げる！

『コンナモノ！』

奴は飛来する大剣を両手で打ち払うが――

「その時を待っていた」

『ナニィイ!?』

剣を投げると同時に、懐《ふところ》に飛び込んでいた俺は……すでに、奴の腹の下で拳を構えていた。

「オラオラオラオラァァァ！」

そのまま拳の連打を浴びせる！

『グハァ!?』

「トドメだ——正拳突《せいけんづ》き！」

渾身の一撃を受けたレッドオーガが吹き飛び、地に伏せる。

僅かに腕が痺《しび》れているのを感じる。

この体になってから、全力を出すのは初めてだからな。強すぎるというのも弊害《へいがい》がある……全力で戦える相手が少ないということだ。

『バ、バカナ……』

レッドオーガはヨロヨロと立ち上がると、そのまま森の方に逃げようとする。

「むっ……しぶとい奴。だが、逃すか！」

さっきのでイメージはできている！

息を吸い……構えを取り……足から腰、腰から腕に力の流れを作る。

「コォォォ——遠当て！」

気合いとともに拳を突き出す！

『オ、オレノ技ァァァ!?　キ……サマ……』

逃げるレッドオーガの背中に命中し、今度こそ……奴が沈黙した。

ふぅ、容易《たやす》くはなかったが、どうにか倒すことができたか。

「レッドオーガをあっという間に倒したぞ⁉」

「お、おおぉーー！　英雄クラスだ‼」

兵士やハンターー達が盛り上がる中、ザラス殿が駆けてきた。

「ヒュウガ殿！　貴方は我が国いや――この国全体の英雄だ！　感謝する！」

「いえ、これも仕事ですから」

「皆の者！　英雄ヒュウガ殿に敬礼を！」

ハンターも、兵士も……みんなが、俺に敬礼してくる。

ひとまず戦いを終えたので、俺はセツのもとへと戻る。

「セツ、見ていたか？」

「ワフッ！」

その顔は、やる気に満ち溢れている。

どうやら、刺激を与えることができたようだ。

「ああ、お前も早く強くなるといい……なに、そう時間はかかるまい。俺も追いつかれないように、鍛錬を重ねていくとしよう」

「ワフッ！」

「ふっ……負けないぞ、といったところか」

「ヒュウガ殿、誠にありがとうございます」

改めて、ザラス殿が頭を下げてきた。

「いえ、ザラス殿。これもハンターの役目でしょう」

「それにしても、まさかこんなに謙虚な高位ハンターがいるとは」

ザラス殿は驚いているが……そういえば、上位ハンターは傲慢な人が多いんだっけ？

それこそ、以前のゴランのように。

「ハハ……それはどうも。謙虚というつもりはないです。どんなに強かろうと、それが威張《いば》っていい理由にはなりませんから」

「なるほど、素晴らしい考えですね」

「あんまり持ち上げないでください。では、あとはお任せしても良いですか？」

「ええ、もちろんですとも」

「では、俺はもう帰ります。少し居心地が悪いので……」

さっきから、人々が注目しているし。いや、自分でそうなるように仕向けたのは確かなんだけど、やはりこういったものには慣れない。

人々のお礼を背に受け、俺は一足先に城に帰ることにする。

「セツ、飛ばすぞ？　ユリアに早く報告したいからな。ついて来い！」

「ガウッ！」

俺は全速力で草原を駆け抜ける。

おっ、セツは俺のスピードに完全についてきているな！

速力のステータスは俺とさほど変わらないようだ。

さっきのオーガ戦で、セツのステータスが上がったのかもしれないな。


そして、日が暮れる頃……アーノルド王国の城に到着した。

入り口にユリアが立っていた。彼女は、俺とセツに気づくと、駆け寄ってくる。

「ユリア、ずっと待っていたんですか？」

「そ、そんなわけはない。そろそろ帰ってくるかと思ってな」

「そうでしたか。ありがとうございます」

おっと、変な勘違いをしてはいけないな。

「う、うむ……それで、どうだった？」

「ええ、問題ありませんでした。スタンピードは防げましたから」

「そうか……感謝する」

「ユリアの妹がいる国ですから、当然です」

「ふふ、そう言ってくれるか。では、そのままついてきてくれ。国王が待っているのでな。セツもありがとう、相変わらず可愛いが……勇《いさ》ましくなったな」

「ククーン……」

ユリアに撫でられて、セツは大層ご機嫌な様子だ……羨《うらや》ましい。

俺達はそのまま城の中に案内され……再び国王の私室に通される。

「おおっ！　戻ったか！」

「ど、どうでしたの⁉」

椅子から身を乗り出すクロノスさんとロザリーさんを、ユリアが宥める。

「クロノス殿、ロザリー、落ち着いてくれ。ヒュウガ、報告をお願いする」

「はい、わかりました。無事、スタンピードを鎮圧いたしました」

「魔物は？　兵士達はどうなった？」

「魔物はオーガやオーガジェネラルがいました。指揮官は亡くなってしまったようですが、現地でザラス殿という方が指揮していました」

俺がそう言うと、クロノスさんが椅子に深く腰をかけた。

「……そうか……良かった。ザラスが生きているなら、下手なことにはなるまい」

「貴方、その前にやるべきことがありますわよ？」

安堵するクロノスさんに、ロザリーさんが耳打ちした。

「そうだったな……ヒュウガ殿、感謝する。我が国を代表して、感謝の意を示そう」

そう言って、クロノスさんは深々と頭を下げた。

あれ？　国王陛下って、こんなに簡単に頭を下げていいの？

「ヒュウガ、その顔はわかっていないな？　国王が頭を下げることなど、ほぼない。それだけ、重大なことを成し遂げたのだ」

「そんなにですか？」

確かに弱くはなかったが……エギルでも倒せただろう。

「オーガジェネラルを倒せる者など……そうはいないのだぞ？　お前はいつもエギル殿やゴランのような猛者《もさ》を相手にしているから慣れているかもしれんが」

ユリアの話に、クロノスさんが頷く。

「そういうことだ。何より、強き者は傲慢な者が多くてな。ろくに言うことも聞かない。しかしヒュウガ殿、そなたは快く引き受けてくれた。そして、無事に依頼を達成してくれた……余が頭を下げるのは当然だ。して……報酬は何がいい？　余にできる限りのことはするつもりだ」

報酬かぁ、何がいいだろう……まずはアレか。

「では、米が欲しいです」

「……なんと？」

米のことを知らないのか、クロノスさんが聞き返す。

「……この城下町でも売っていて、何やらワーレン国で作られているらしいのですが」

「わ、わかった……すぐに調べさせよう。それをどうすればいい？」

「できれば生産者の方とお話がしたいです。定期的に仕入れたいので」

「……くははっ、なんと無欲な！　愉快なり！」

俺の答えを聞き、何故かクロノスさんが噴き出した。

ロザリーさんも微笑んでいる。

「フフ……お姉様、ステキな方ですわね？」

「ま、まあな。これがヒュウガの良いところであり、困ったところでもあるが」

はて？　何故笑われたんだろう？

まずは、白米がなくては話にならないと言うのに。

「ワフッ」

何故かセツまで「やれやれ」という顔をしている……解せぬ。

◆

あれから数日が過ぎた。

俺はハンターとしての報酬を受け取り、約束通り白米を作っている方々を紹介してもらった。彼らに定期的に米を送ってくれるように依頼し、そしてようやく、帰還の日を迎える。

俺達は城でクロノスさんに最後の挨拶をしていた。

「ではヒュウガ殿、お元気でな。此度のこと、誠にありがたく思う」

「いえ、自分のためにしたことですから。国王様もどうぞお元気で」

「器《うつわ》の大きい男よ。何か困ったことがあれば、いつでも言ってくれ。そなたには、それだけの借りがある。この国の代表として、力になろう」

「国王様の助けが必要な事態ですか……ない方がいいですね」

そんな状況にならないようにするのが一番だよな。

「ハハッ！　その通りだ！　いや、愉快愉快。久々に楽しい時間であった。ユリア殿もお元気でな」

「はい、クロノス殿」

続いて、ロザリーさんがユリアに語りかける。仲の良い姉妹の会話という感じで、微笑ましい。

「お姉様。久々に会えて嬉しかったですわ」

「うむ、私もだ。ロザリー、世話になったな」

「それにしても……ふふ、あの堅物のお姉様が恋……」

「う、うるさい！」

何やら、姉妹できゃっきゃとしているので、セツを撫でつつ、しばらく待ってみる。

「ヒュウガさん、お待たせしてしまいましたわ」

「いえ、なかなか会えない姉妹でしょうから」

「本当に、色々とお世話になりましたわ」

「いえ、こちらこそ。とても有意義な時間でしたよ」

ユリアの事情も、なんとなくわかったし、これからやることが明確になった。

何より、白米が手に入ったからな。

「ふふ、私もですわ。将来の義兄《にい》──」

「ロザリー！」

ロザリーさんが何か言いかけたのを、ユリアが遮った。

「あらあら、叱《しか》られてしまいましたわ」

「まだ、そんなんじゃない！」

「まあ！　まだですって！」

「ち、違う！」

なんだ？　なんの話をしているんだ？

すると、再び二人が話し込んでしまう。

置いてけぼりにされた俺は……セツに足をポンとされるのだった。


その後、ようやく帰ることになる。

迎えの馬車を用意してくれたので、ありがたく使わせてもらう。

「ではな、ロザリー。父上達には、上手くやっていると報告しておこう」

「はい、よろしくお願いしますわ、お姉様」

先にユリアを馬車に乗せ、俺も最後の挨拶をする。

「ロザリーさん、お元気で」

「キャン！」

「はい、ヒュウガ殿にセツ君も。お姉様のこと、よろしくお願いしますわ」

「ええ、お任せください」

「ふふ、良い返事ですね。それに、良い目をしていますわ」

そして、ロザリーさんは俺に近づき、そっと耳打ちする。

「私、応援していますわ」

「えっ？」

「では、ご機嫌よう。また会える日を楽しみにしていますわ」

彼女はそれだけ言って、去っていった。

なんだったんだ？

「ヒュウガ？　何をしている？」

「あっ、すみません」

まあ、いいか……何やら、変わった人だったし。

俺とセツが乗り込むと、馬車はゆっくりと動き出した。

◆

帰りの馬車の中で、俺は穏やかな時間を過ごしていた。

車窓を眺めながら、俺はユリアとのんびり会話する。

「良い景色ですね」

「うむ、見渡す限りの草原だからな」

「行きは緊張して、余裕がなかったですし」

「ん？　そうなのか？　何か緊張するようなことがあったのか？」

……貴方と同じ馬車だからですよ！

などと答えるわけにはいかず、俺は適当に取り繕う。

「い、いえ！　ほら……国境を出る時に魔物の襲来を聞いていたので」

「ほう？　ヒュウガでもそんなことがあるのだな？」

「そりゃ、そうですよ。こちとら、命のやり取りとは無縁の一般人だったんですから」

本当、俺はよく戦えているよなぁ。

普通の日本人が、こんなところに放り出されたら……すぐに死んでいるだろう。

俺はたまたまライフルを持っていたし、戦い方を知っていたから、なんとかなったけど。

「そういえばそうだったな。あの戦いぶりや強さを見ていると、忘れそうになる。ところで……ほ、本当にいいのか？」

ユリアが遠慮がちに切り出した。

一瞬、なんのことかわからず首を傾げていると――

「その、あれだ……私のためにというか、お礼というか……戦ってくれるのだろう？」

ユリアを無理矢理手篭めにしようとしている、帝国の皇子の件か。

俺はユリアの目を見てはっきり答える。

「ユリア、安心してください。戦うと決めたなら、俺は逃げることはありません」

「そ、そんな心配はしていない！　ただ……お前は優しい性格をしているからな。私の都合で戦わせて良いものかと」

「平気ですよ。前も言いましたが、俺がやりたくてそうするだけですから」

皇子だかなんだか知らないが、そんな横暴な男にユリアは渡さない。

まだ何か迷いがあるらしい彼女に、俺は改めて宣言する。

「……もしその時が来たら、すぐに俺を呼んでください。どこにいようと、必ず駆けつけますから」

それを聞き、ユリアは何故か俯《うつむ》いてしまった。

「はぅ……ヒーローみたいだ」

ユリアが何やら独り言を言いながら、モジモジしはじめたので……俺は寝ているセツの頭を撫でて、外を眺めた。


その後も馬車は静かに進んでいき、やがて国境が近づいてきた。

「ん？　何やら、騒がしいな」

凛々しい顔つきに戻ったユリアが、異変に気付く。

俺も外の様子を窺《うかが》う。

「大勢の人が集まっていますね」

「何かあったのだろうか？」

ユリアと二人でしばし顔を見合わせていたが……一つ思い当たる節があった。

「……ああ、すっかり忘れていました。ドレイクが迎えに来たのでは？」

そういえば、強い力を感じるから、俺が近づいたらわかるとか言っていた。

それでドレイクが国境まで迎えに来たのかもしれない。

「そういうことか。しかしまずいな……攻撃を仕掛ける馬鹿がいないといいが」

ユリアが心配そうに唇を噛む。

「ここからなら、もう馬車は必要ないですよね？」

「ん？　あ、ああ……」

この先は兵士達でごった返しているし、馬車では進みにくい。走って行った方が速いだろう。

「よし、セツ、降りろ。ここからは走っていくぞ」

「ワフッ！」

セツに続いて俺も馬車を降り、俺はユリアに確認する。

「ユリア、いつものようにして良いですか？」

「まったく、軽々しく言うな……一応王女なんだぞ？」

「ハハ……すみません。ですが、それが一番速いので」

「まあ、その通りだが……むぅ」

躊躇するユリアの頬が、いつもより赤く染まっている気がする。

「い、嫌ならいいですから」

「そ、そういうわけではない！　ええい！　この馬鹿者！」

「イテッ!?」

何故か叩かれた。

「ヒュウガは……ハァ、そういう男であったな」

ユリアは諦めたようなため息とともに手を差し出した。

「そういう男だから……ほ、ほら……頼む」

「ええ、失礼します」

降りてきたユリアの手を引き、そのままお姫様抱っこする。

「きゃっ⁉」

「へ、平気ですか？」

「う、うむ……」

「では……行きます」

ユリアに負担がかからない程度の速度で走り、前方の関所に向かう。

やがて、ドレイクの巨体が見えてきた。同時に、すれ違う兵士達の会話が聞こえてくる。

「何が起きている⁉」

「わ、わからん！　急にドラゴンが……」

なんだ？　兵士達はみんなやけに焦っていて、思っていたのと様子が違う。

俺達が来たことに気づかないほどに、動揺している。

「皆の者！　落ち着け！」

ユリアが声をかけると、ようやく俺達に視線が集まった。

「ユリア様だっ！　お姫様抱っこされているぞ⁉」

「羨ま……けしからん！　誰だ、あの男は！」

しかし、俺達の姿を見た兵士達の間に別の意味で動揺が広がった。

「す、すみません！　すぐに下ろします！」

抱っこされていたのでは、威厳《いげん》も何もあったものじゃない。

俺が下ろすと、ユリアは何事もなかったかのように……話しはじめる。

「コホン！　皆の者、落ち着け！　一体、何があったのだ!?」

「む、迎えのドラゴンが来たのですが、なんか黒い鎧の男が現れて……」

「奴が急にドラゴンに襲いかかったんです！」

その報告を聞いた瞬間、ユリアが息を呑んだ。

よくわからないが、とにかくドレイクが危ないらしい。

「ユリア！　俺は先に行きます！　セツ！　お前はユリアと一緒に来い！」

「ヒュウガ……!!　その男は――くれぐれも気をつけるんだぞ!?」

「ワフッ！」

その声を背に、俺はマルクス王国との関所を通り抜ける。

そして、人垣の間から見えてきたのは……ドレイクに襲いかかる大男の姿だった。

兵士達の会話にあった通り、漆黒《しっこく》の鎧を身に纏った長髪の男が、一方的にドレイクを斬りつけている。

対するドレイクの方は、翼には傷があり、どうやら飛ぶことができなくなっているようだ。

『ぐぁぁぁ!?』

「ははっ！　ようやく見つけたぞ、このドラゴンめっ！　もう逃がさんから、観念しろ！」

『ぐぬぅぅ！』

男が大剣を振り回すたびに、ドレイクの身体から血が流れる。

それを見た俺は、すぐに行動に移る。

『魔法の壺』から槍を取り出し……鎧の男目がけてぶん投げる！

しかしなんと……その男は、俺の全力の槍投げを大剣で弾いた。

「な、なに!?」

こんな芸当は、エギルですらできるかどうかだ。なるほど、ドレイクが一方的にやられるわけだ。

だが、奴の攻撃は止まった。

その隙をついて、俺はドレイクのもとに駆け寄る。

「ドレイク！　平気か!?」

『ヒュ、ヒュウガよ、何故来た？　いいから、我を放って逃げろ。こやつは、我を追ってきた者だ。こいつが、我を棲処《すみか》から追い出した男だ』

「逃げるなんて、できるわけないだろ！　困っていたら助けるって言ったろ!?」

『クク、本当に愉快な男なり。あのような約束を守るとは……』

ドレイクは苦しそうに咳込みながら小さく笑った。

「もう話さなくていい、あとは俺に任せろ」

『……すまぬ』

すると、背後から強烈な気配を感じた。

俺は振り返り、改めてそいつと対峙する。

「おい、貴様は誰だ？　何故俺の邪魔をする？　貴様もドラゴンスレイヤーになりたいのか？」

「俺はヒュウガ。人に名を聞く時は、自分から名乗るのが礼儀だと思うが？　そして、質問の答えは簡単だ。こいつは、俺の友だから助ける……ただ、それだけだ」

「……この俺に向かって、そんな口を利く奴がいるとはな。いいだろう、我が名はデュラン。ガレス帝国の第一皇子だ、控えろ下郎《げろう》が」

「皇子だかなんだか知らないが、それが好き勝手に振る舞っていい理由にはならない」

「はぁ？　何を言っている？　俺に意見するとは、身の程知らずめ」

ガレス帝国の皇子……そうか、こいつがユリアの婚約者か。

噂に違《たが》わず、随分と傍若無人《ぼうじゃくぶじん》な輩だな。

すると、セツに連れられてユリアが追いついてきた。

「デュラン、どうして、お前がここにいる⁉」

「ほう？　我が婚約者ではないか。こんな辺境にいたとは。どうした？　俺の物になる決心がついたのか？」

「こちらの質問に答えろ！　他国の皇子であるお前が、どうして我が国に無断で入っているのだ！」

「俺がどこにいようと関係ない。それに、いずれこの国も俺の物になるのだからな」

不遜《ふそん》に笑うデュランを前に、ユリアが頭を抱える。

「あ、相変わらず、話が通じない……これは、国際問題になるぞ？」

「そんなことは知らん。もしそうなったら、俺が力でねじ伏せるだけだ。ドラゴンを殺した後に、お前を抱いてやろうか？」

「死んでも断る！　そもそも、まだ期間はある！」

「ふっ、相変わらず気の強い女だ。だからこそ、ねじ伏せ甲斐《がい》があるというものだ」

「く、来るなっ！」

デュランがユリアに歩み寄ろうとすると、セツが唸った。

「ガルルッ！」

「ほう？　俺に敵意を向けるか……よく見れば、隣にいるのはフェンリルか？　そいつも殺せば、良い経験値になりそうだ」

……聞くに耐えんな。

俺は心のリミッターを外し、溜めていた力を解放する。

「くっ⁉　この圧は……貴様」

「お前の相手は俺だ！　お前は息子に手を出そうとしたし、ユリアの件とか、色々と理由はあるが……強ければ何をしてもいいという傲慢な態度は、個人的に好きじゃない」

「強いのだから、弱者に何をしてもいいに決まっているだろ。さっきの槍の威力……貴様だってわかるだろう？」

「わかりたくもないな。俺は、強さに溺《おぼ》れはしない」

「仕方あるまい。できれば、ドラゴンを倒す前に力を消耗したくなかったが……殺すか」

次の瞬間、奴の全身から凄まじい圧が迸《ほとばし》った。

「セツ！　お前はユリアとドレイクを守れ！」

「ワフッ！」

セツがユリアを連れて、ドレイクのもとに行く。

「ヒュ、ヒュウガ！」

「ユリア！　大恩ある貴方との約束を果たします！　目の前のこいつを倒すことで！」

「ば、馬鹿者！　そいつと戦ったら、お前とて無事ではすまない！」

「ご安心ください。信念なき力になど、俺は負けません」

「まったく……頑固者《がんこもの》が」

ユリアは困ったようにそう呟くと、一転して力強く俺に言った。

「ええい、こうなったら責任は私が持つ！　ヒュウガ、負けないでくれ！」

「その言葉さえあれば十分です」

二人が避難するのを確認し、俺はデュランと正対する。

奴は静かに殺気を放ちながら、俺を睨みつける。

「……貴様を殺す理由が増えたようだ。貴様は、ユリアの男か？」

「いや、そんなんじゃないさ。ただ、惚れた女性をお前などに渡すわけにはいかない」

「ははっ！　下郎が、生意気な口を利きおって！　だが、面白い。お前の両手両足を叩き折って、その無様《ぶざま》な姿をユリアの前にさらしてやろう」

「やれるものならやってみろ」

「クク、どこまで減らず口が叩けるか——なっ！」

不意打ちのように、突然、凄まじいスピードで奴の拳が迫ってくるが、俺はそれを左手で受け止める。

そのまま、空いている右手で腹をぶん殴る。

「ぐはっ⁉」

「まだだ！　オラオラオラオラオラオラオラァァァ！」

左手で奴の腕を掴んだまま、右手で連打を浴びせる！

「ガアアアアアア⁉」

仕上げにぶん投げて、思い切り地面に叩きつける。

「かはっ⁉」

「……さて、まだやるか？」

「何を言っている？　これからが楽しいところじゃないか」

一瞬呻《うめ》き声《ごえ》を漏らしたものの、デュランは素早く起き上がって後退する。

……硬いな。まだダメージはそこまではなさそうだ。

「ククク……まさか、この俺が地面に倒れることがあるとは。生まれて初めての経験だ。だが、俺の力がこんなものだと思うなよ？　スゥ……ハァァァァァ！」

奴の全身の筋肉が膨張し、一回り大きくなる。

どうやら、リミッターを解除したらしい。

「いいだろう、全力で来い。お前の傲慢——その全てを粉砕してやる」

「ハハッ！　やれるものならやってみろォォォ!!」

デュランの両手から、強烈な連打が繰り出される。

一発一発が、俺のガードを突き抜けて、身体にダメージを与えてくる。

「くっ⁉」

「ハハッ！　どうした⁉　口先だけか⁉」

デュランは仮にも一国の皇子だ。殺すわけにはいかない。

だが、こいつを諦めさせるには……完膚《かんぷ》なきまで叩きのめすしかない。

そのためには技ではなく、力で示さないといけない！

「オ、オォォォォ‼」

「ぐはっ⁉　こ、こいつ……！」

俺は奴の守りを崩して、ダメージ覚悟でカウンターを、顔面に食らわせた。

「どうした？　膝に来ているんじゃないか？」

「そんなわけがなかろうが！　俺はいずれ世界を統《す》べる者！」

「……俺に苦戦しているようじゃ、その程度の器ってことだ！」

俺も奴も、ガード無視でひたすら殴り合う！

「ぐはっ⁉」

「くっ⁉」

「貴様アァァ！」

「まだまだァァァ！」

相手の拳がこちらの顔面に入れば、俺の拳が奴の腹に。

その場から一歩も動かずにノーガードで殴り合う。

まるで、その見えない線から出たら……負けだとでもいうように。

殴り続けること数分……ついに均衡《きんこう》が崩れはじめる。

「はぁ……はぁ……はぁ……」

肩で息をするデュランに尋ねる。

「ふぅ……終わりか？」

段々と、奴の殴る威力が弱まってきた。体の使い方もそうだが、そもそも体力がなさそうだ。

きっと、生まれ持った肉体の能力に胡座《あぐら》をかいてきたのだろう。

しかし、徹底的に殴り合ってわかった……こいつは、ある意味で純粋なだけかもしれないと。

「ま、まだだ……俺は誰にも負けない」

「じゃあ――これで終《しま》いだっ！」

「ゴフッ!?　かはっ！　ゲホッ！　ゲホッ！」

ふらついて隙だらけの腹に、拳を叩き込んだ。

奴は膝をついて、もはや立ち上がれないようだ。

「これでわかっただろう？　お前は、俺には勝てない」

「な、何故だ？　そこまでの力を持っているのに……どうして偽善者ぶる？　貴様がその気になれば、何もかもを支配できるはず」

「そんなことをしてなんになる？　偽善者、結構じゃないか。支配などしたところで、一人ぼっちになるだけだぞ？」

多分、こいつは……俺だったかもしれない男だ。

俺は祖父や、ここで出会った人達のおかげで、今はこうしていられる。

だが、そんな出会いがなかったら……どうなっていたかはわからない。強さに溺れ、この男のように歪んでいたかもしれない。

血の混じった唾を吐き捨て、デュランが呟く。

「……一人ぼっちか。俺は、それが強さだと教わった。人は支配するものだと」

「一人でできることなんか、たかが知れているさ。俺は強いかもしれないが、一人で生きていく自信はない。もう、人の温かみを知ってしまったから」

「……ははっ！　俺はこんな甘ちゃんに膝を屈したというのか！　だが……今回は俺の負けだ、大人しく引き下がるとしよう」

デュランはそう言って、立ち上がる。

「おい」

「わかっている。もう、ユリアには手を出さん。和平に関しては、後は上が決めるだろうよ。だが、俺の方からも言っておこう」

「そうか、それならいい」

「ただし……ヒュウガとか言ったか　貴様は別だ……もう一度、俺と戦え」

俺に背を向けたデュランが、こちらを見ずにそう言った。

「……ああ、いいだろう」

「ふんっ、さらばだ」

そして、デュランは今度こそ去っていった。

どうやら、妙な奴に目をつけられたらしい。

だが、これで……

「ヒュウガ！」

「わわっ!?」

ユリアが、俺の胸に飛び込んでくる。

「お前は凄いなっ！　あいつは、誰にも負けたことないんだぞ!?」

「だからこそです。あいつは、敗北を知らないから、自分を磨かなかった」

俺は敗北を、祖父さんに叩き込まれてきた。

そして、どんなに強くなろうと、鍛錬だけは怠《おこた》るなと教わった。

でも、あいつには、そういう人がいなかったのだろう。

「ふふ、そうか。なんにしても、これで……」

「ええ、貴方に恩を返すことができました」

「まったくだ。しかし、これでは私の方が借りが大きいくらいだ。……うむ、これは返さねばならんな」

ユリアが小さくそう言った。

するとそこへ、セツが駆けてくる。

「ワフッ！」

「どうした？　……そうか、目覚めたか」

セツの嬉しそうな顔を見ただけでわかったので、ユリアと共にドレイクのもとへ行く。

「ドレイク！」

声をかけると、ドレイクは信じられないといった様子で目を見開いた。

『彼奴《きやつ》に勝ってしまうとは……なんという男よ。しかも、会ったばかりの我のために』

「まあ、結果的には良かったよ。こっちにも、色々と戦わないといけない理由があったみたいで」

『クク、そのようだな。さて……』

「お、おい？　まだ動いては……」

ドレイクが立ち上がろうとするので、慌てて止める。

『ドラゴンを舐めてもらっては困る。それに、少しでも恩を返さねば、ドラゴン族の名折れよ』

ドレイクの意思は強く、俺を鋭い眼光で睨みつけてくる。

「……わかった。ただし、まだ少し休んでくれ」

「ヒュウガの言う通りだ。私も、関所の役人に状況を説明せねばならん。そのあとで、送ってくるくれるか？」

ユリアがお願いすると、ドレイクは静かに頷いた。

『ああ、無論だ。それでは、待つとしよう』

◆

その後、ユリアが説明と報告を終え、俺達はドレイクの背中に乗って飛び立った。

目指すは辺境都市ナイゼル。

俺はドレイクの背中をまじまじと眺め、驚きの言葉を口にする。

「凄いな、もう全体の傷が塞がっている」

感心して言うと、ユリアが苦笑する。

「ヒュウガがあまりに規格外ゆえに忘れそうになるが……一応、最強と言われるドラゴンだからな」

『ああ、それには同意する。ヒュウガはアレだからな』

「……ワフッ」

ユリアとドレイクとセツが揃って苦笑した。

最近、俺の扱いが雑な気がする……まあ、怖がられるよりはいいけど。

無事にナイゼルに到着した俺達は、町の近くの人気《ひとけ》が少ない場所で降ろしてもらった。

「ドレイク、ありがとう」

俺が礼を言うと、ドレイクは首を横に振った。

『気にするでない。助けられたのは我の方だ。何より、お主は面白いからな』

「面白い？」

『フハハッ！　自覚がない奴よ！』

「ワフッ！」

笑うドレイクに同意するように、セツも吠えた。

『お主もそう思うか！　愉快な主人を持ちおったな！』

「キャン！」

うーん、俺としては、普通に生きているだけなのだが。

「というかセツまで……ユリア、俺は面白いですかね？」

「ああ、面白いぞ。一緒にいて飽きないからな」

お前といると飽きない……相変わらず、男前なセリフなこと。

『本当に愉快な奴らよ。では、我は帰るとしよう。何かあれば、山に来るといい』

「ああ、そうするよ。ドレイクこそ、何かあれば呼んでくれ。というか、たまに遊びに行くよ」

『……ふん、好きにするがいい』

心なしか嬉しそうな表情を浮かべて、ドレイクは空へと舞い上がっていく。

「フフ……」

「ユリア？」

「また何かあれば……そんなことになったら、今度こそ辺境が吹き飛ぶぞ？」

「はは、それもそうですね」

二人で顔を見合わせ、微笑み合う。

なんだが、出かける前より少し距離が近くなった気がする。

これも、デュランを倒し、ユリアの呪縛《じゅばく》を解いたおかげかもな。

◆

辺境都市ナイゼルに入ると……俺は何か、違和感を覚えた。

「どうした、ヒュウガ？」

「いえ……なんか、安心したというか」

「ふふ、あれだけのことをしたんだ。それはそうだろう」

「そういう感じじゃなくて……まあ、いっか」

そんな会話をしつつ、ユリアと並んで歩く。

俺とユリア、二人だけの時間……えっ？　セツはどうしたのかって？

そんなのは、決まっている——アイドルの凱旋《がいせん》だ。

俺達より少し先を堂々と歩くセツの周りに、あっという間に人だかりができる。

「おっ！　セツじゃねえか！」

「おうおう！　帰ってきたんか！」

ある時は、厳《いか》ついおじさん達に……

「あら！　セツちゃんじゃないのっ！」

「まあっ！　寂しかったわよぉ～」

ある時は、おば様方に……

「セツちゃんだっ！」

「わぁアァア！　みんなに知らせないと！」

そして、子供達に囲まれる。

飼い主と違って、老若男女を問わず、物凄い人気である。

その様子をユリアと俺は微笑ましく眺める。

「相変わらずの人気ぶりだな。もう、あんなに大きいというのに……みんな、怖がるそぶりもない」

「ええ、そうですね。セツが良い子だからでしょうね」

「いや、それは違うな」

すると、隣にいたユリアが……前に出て、俺の両手を強く握《にぎ》る。

「お前がセツをきちんと育てたからだ。赤ん坊の頃から、こうして住民達に触れさせ……怖くない、危険でないことを皆にきちんと理解させたからだろう。もちろん、セツにもだ。だから、ああして子供達が触れ合っても、親は安心して見ていられる。それは、お前が頑張ったからだ」

「ユリア……ありがとうございます」

そうか、俺はきちんと子育てができたのか。

今までは、そんな余裕もなかったが……セツもオーガを倒し、一皮剥《む》けたからか。

もう、大人の仲間入りも近い……寂しいけど、嬉しくもある。

「ふふ……次は、お前自身のことを考えなくてはな？」

「へっ？」

ユリアは照れくさそうにしながら続ける。

「そ、その、あれだ。お前自身の幸せというか、私というか……」

「それって……？」

俺が、ユリアに問いかけようとした時——

「兄貴ィィィ!!」

「おとうさーん!!」

ゴランとノエルが飛び込んできた。

「おおっ！　ゴランにノエル！」

俺は二人を優しく受け止める。

「えへへ〜、お父さんの匂いだ！」

「ど、どうした？　なんだか、いつもより甘えん坊だな」

そんな俺の疑問に、ゴランが答える。

「寂しかったのかと。長い間、兄貴と離れるのは初めてっすから」

「お、おじさん!?」

「お嬢、いいじゃないっすか」

なんだ、このむず痒《がゆ》い感覚は？　大声を出して走り出したい気分だ。

「そ、そうか……ただいま、ノエル」

「うんっ！　お帰りなさい！」

「ゴランも、留守の間ご苦労だったな」

「へいっ！　兄貴もお勤めご苦労様です！」

ゴランの口ぶりに、俺は思わず苦笑する。

お勤めって……刑務所帰りじゃないから！

ただでさえ、よくわからない人だと思われているのに、強面《こわもて》の俺とゴランが歩けば、まさしくそれである。

一方セツは、相変わらず多くの群衆に囲まれている。

「キァァ!!　これよこれ！」

「毛並みがふわふわよぉ～！」

「キャウン！」

それにしても、俺が変に思われつつも、この町で生活できているのって……セツのおかげなのかもしれないな。

「ところで……なんで、姉御は怒ってるんで？」

「へっ？」

ゴランに言われて振り返ると、ユリアから怒りのオーラが見える。

「ふ、ふんっ！　なんでもない！」

「そ、そうですか」

なんでもないと言いつつも、ユリアはゴランに怒りをぶつける。

「ゴラン！　お前のせいだぞっ！」

「えええぇ⁉　俺っすか⁉」

「私も？」

心配そうに見上げるノエルの頭を撫でながら、ユリアはゴランにとどめを刺す。

「いや、ノエルは悪くない。全ては、こいつが悪い」

「ひでぇ⁉」

そんな遠慮のないやり取りを見て……なんだか心が温かくなる。

そして、この町の住民と触れ合うセツを見て、同じ気持ちになった。

さっき感じたのはこれか。

違和感というか、この安心感というか、地に足がついた感じというか……きっと帰ってきたからだ。

俺にとって、この場所がそういう場所になったということだ。

祖父さん……俺、異世界に安心して帰れる場所ができたみたいだよ。

◆

翌日の昼、疲れから二度寝をしていた俺は、セツに起こされる。

いつも通り、顔にのしかかられて……重たいのですが？

「ワフッ」

「いや、重たいから。どうした？　今日はのんびりするって言ったはずだが……」

「ワフッ！」

「ん？　ああ、誰か来たのか。わかった、起きるとしよう」

最近、表情を見れば、セツの言いたいことがわかるようになってきたな。

準備を済ませ、一階に下りていくと……ユリアが待っていた。

「ユリア？　どうしたのですか？」

「おはよう。ゆっくりしているところですまない。ちょっと、ついてきてくれ」

「はい？　ええ、いいですけど」

若干寝ぼけつつ、セツと一緒に宿を出て、ユリアの後を追うと……スラム街に到着した。

「スラム街ですか？」

「ああ、とりあえず、何も言わずについてきてくれ」

「ええ、わかりました」

「ワフッ」

やがて、前に家を下見した場所の近くにやってくる。

そして、とあることに気づく。

俺が買おうとしていた建物が、綺麗になっている。

「あれ？　もう修繕が済んだのですか？」

「ふふ、そうだ。ヒュウガを驚かそうと思って、連れてきたってわけだ」

「おおぉー！　これで、後は契約して設備を整えれば……」

「では、中も確認するといい」

「ええ、そうですね」

俺がワクワクしながら、店の扉を開けると……

「兄貴！　お疲れ様です！」

「お父さん、見て見て！」

店の中には、ゴランとノエル。

さらには、クラリスとアイザックさんまでいる。

「へっ？　……どういうことだ？」

「ふふ、サプライズというやつだ。どうだ？　内装も新しいだろ？」

そう、そこだ。

部屋の中は、すぐにでも料理屋を始められる状態になっていた。

広くて綺麗なキッチン、新品のテーブルや椅子まで揃っている。

「へへ、俺とお嬢で考えたんですぜ。兄貴がいない間に、店の準備を進めておこうって」

「うんっ！　二人で、お父さんに恩返しがしたいって！」

「ゴラン、ノエル……」

その言葉に、胸の奥が、ジーンと温かくなる。

上手く返すことができない。

「それを領主である私がお膳立てをしたってことだ。そこにいるクラリスにも手伝ってもらったが」

「そうねー。こんな綺麗になったら、よくない輩も来るから。私の方で、警備のハンター達を派遣しておいたわ」

アイザックさんとクラリスが微笑む。

「……お二人とも、ありがとうございます」

そうか、そういうことか。こんなに嬉しいサプライズがあるだろうか？

「私も、昨日聞いて驚いたぞ。しかも、もう最終準備もできていると。アイザック、ヒュウガに渡してくれ」

ユリアに促され、アイザックさんが紙の束を俺に手渡す。

その表紙には「契約書」と書かれている。

「これは？」

「今ここで、家の契約をしてしまおうかと思ってな」

「それもゴランとノエルが？」

「ああ、そういうことだ」

思わず涙が溢れそうになるが、それよりも、伝えるべき言葉がある。

「二人とも、ありがとう。最高の気分だ」

「うっす」

「えへへ～」

その後、テーブルでアイザックさんと向かい合って、細かな話し合いをする。

俺の隣にはユリアが、アイザックさんの隣にはクラリスが座っている。二人は立会人ということらしい。

「……では、よろしくお願いします」

「ああ、こちらこそよろしく頼む。では、契約書の中身を確認してくれ」

「はい、わかりました」

目を凝らして、内容を確認する。

まあ、書いてあることは、前の世界と大した変わりはないみたいだ。

主に土地の権利関係や、税金のことなどが記されている。

「はい、問題ありません」

「うむ、わかった」

「では、私も改めて確認しよう……よし、問題ないな」

「私もするわね……ええ、平気ね」

ユリアとクラリスのお墨付きがあれば安心だ。

「ありがとうございます。ですが、お金が足りない気がしますが……リフォーム代とか、建物代を含めると」

「それなら問題あるまい。お主はスタンピードを防いだのだろう？　その報酬があれば、お釣りが来る」

「あっ、そういえばそうでしたね」

……というか、忘れていたな。

その後の出来事に、インパクトがありすぎた。

「ヒュウガ、ハンターギルドに届いているから大丈夫よ。あとで、受け取りに来なさい」

「クラリス、ありがとう。ところで、この……保証人はどうすれば？」

この世界には血縁者がいないから、どうしたものかと尋ねると……

「ユリア様が保証人になってくれるそうだ」

「えっ⁉　いいんですか⁉」

「ああ、もちろんだ。というか、当然だろう？　ここにヒュウガを連れてきたのは、私なのだ」

「そ、それはそうですが……」

「それくらいはさせてほしい。ヒュウガには返しきれない恩があるのだ」

そう言って、ユリアはキリッとした表情を浮かべた。

相変わらずイケメンすぎる！

「……では、ユリアに保証人をお願いします」

「これで決まりだな。料金は安くしておく。その代わり、店ができた暁《あかつき》には、私に優先的に……」

書類をまとめながらしれっとそんなことを言うアイザックさんに、ユリアが苦笑する。

「おい、アイザック？　私の前で賄賂《わいろ》か？」

「いいではありませんか」

「俺は俺でしっかり稼ぎますから、安くしていただく必要はありません。その分のお金は、スラムの改善に使ってください」

俺が申し出を辞退すると、アイザックさんとユリアはそれを予想していたかのように頷き合う。

「ほう、これは参った」

「ふふ、ヒュウガらしいな」

うーむ、なんか気恥ずかしいぞ。

「この場所の改善については、ヒュウガに言われるまでもなく、本腰を入れるつもりだ。デュランの問題が片付いたおかげで、私もこの町に残ることができそうだからな」

「私も全面協力するわよ。このスラムの問題は、ギルドも懸念しているし」

「うむ。ユリア様が手伝ってくれるなら、私とてやぶさかではない。ついでに、エルフのババ――いや、クラリス殿にもな」

クラリスが拳を握ったので、アイザック殿が慌てて訂正する。

なんだかんだで仲が良さそうだよなぁ。

「お三方が力を合わせるなら、安心ですね」

「そうは言うが、我々の仲は決して良くはなかったんだぞ？」

ユリアに言われてクラリスとアイザックさんを見ると、しきりに頷いている。

「そうよ。アイザックとはもちろん、ユリアとだって、ちゃんと話したのは最近……それこそ、ヒュウガに会ってからよ」

「うむ。それを繋いだのが、お主ということだ」

「ここにいる三人は、権力はあっても、互いに牽制《けんせい》し合っていた。ヒュウガ、お前が変えてくれたんだ。私を含めた、この凝り固まった三人を。お前は以前言っていたな？　自分は、どうしてこの世界に来たのかと。それはわからない……ただ一つ言えるのは、私達はお前が来てくれて救われたのだ」

ユリアの言葉に、ゴラン、ノエル、セツも同意する。

「俺もですぜ！」

「僕も！」

「ワフッ！」

「……いえ、救われたのは俺です。ですが、そう言ってくれると嬉しいですね」

少なくとも、俺がこの世界に来た意味はあったってことだ。

こうして、大切な人達の力になれたのだから。

◆

その後、新居関連のことをあれこれ済ませて宿に帰ったものの……疲れていたのか、すぐにみんな寝てしまった。

夕ご飯の時間になったので、起こすことにする。

引っ越しのこともあるので、今日はロバートさんを夕飯に招待している。

「セツ、ノエル……ほら、起きなさい」

「ククーン……」

「はにゃ～……」

可愛いな、おい。

俺のために朝から動いていたのは知っている。

しかし、ご飯は食べないとな。

「こら、起きろ――夕飯抜きにしちゃうぞ？」

そう言うと、二人は慌てて起き出して、顔を洗いに部屋を出て行く。

やれやれ、お父さんも楽じゃないな。

先に三階のキッチンに行くと……ロバートさんが待っていた。

「ほほっ、今日も元気ですな」

「ロバートさん、こんばんは」

「はい、こんばんは……しかし、本当に私も夕飯をご馳走になってよいのですか？」

「ええ、ロバートさんがご迷惑じゃなければ。もう、ここにいられる日も少ないですから」

「いえ、嬉しいです。しかし、いよいよですか。では……ここも閉めますか」

「……そうですか。やはり廃業するんですね」

薄々気づいてはいた。

だって、最近は俺達とエギル以外の宿泊客には会わない。基本的に貸し切り状態になっている。新規の宿泊客を取っていないのは明白だ。

「元々ここは妻が始めたのですよ。私は昔、ハンターをしておりました」

「道理で、佇《たたず》まいがしっかりしているわけですね」

ロバートさんは龍人であるエギルにも怯えないし、お歳の割には背筋《せすじ》が伸びているし。

「妻が亡くなって、その後どうしていいかわからず……この宿を続けることにしたんですよ。あれからもう十年以上になりますが……さすがに、歳ですからね」

「そうだったんですね」

「しかし、いよいよ宿を畳もうと考えていた時……貴方がやってきました。ユリア様の紹介ということで、ひとまず営業を続けてみたのです」

「もしかして、俺達がご迷惑をおかけしたのでは？」

俺が尋ねると、ロバートさんは静かに首を横に振る。

「いいえ、そんなことありませんよ。貴方は、とても気持ちのいい方でしたから。セツ君もノエルさんも良い子ですし、ゴラン殿も礼儀正しい方ですしね」

「それなら良かったです」

「何より、とても楽しかったですから。子供もいない私にとって、その時間はかけがえのないものになりました。こんな宿に、女の子や従魔《じゅうま》は泊まりませんからね。この歳になって、小さい子と接するのは……思いのほか楽しいものでしたよ」

「ええ、それならわかります。俺も、ずっと一人だったので」

「ほほっ……おや、来たようですね」

ちょうどそこへ、セツ達が階段を上る音が聞こえてくる。

「ワフッ！」

「お父さん！　あっ！　ロバートさん！」

「こんばんは、二人とも。今日は夕食にお招きいただき、ありがとうございます」

「ワフッ！」

「こちらこそ、ありがとうございます！」

俺はそんな光景を見つつ、席を立つ。

帰ってきてから仕込んでいたので、あとは仕上げるだけだ。

まずは、用意していたサラダを出して……

キノコの味噌汁を温め、煮込んだワイバーンのモモ肉を、浅い鍋にうつして火にかける。

ちなみにワイバーンは、醤油とみりん、砂糖と酒で味付けしてある。

自由国家連合エイルで手に入れてきたご飯の炊き上がりを確認すると……

「おおっ！　この香りだよ！」

ほのかに甘く香る湯気。粒の一つ一つが立っている……これぞ白米だ。

「ふふふ。おっと、いかんいかん」

見とれている場合ではない。今日は、ロバートさんが主役だからな。

ワイバーンの卵をとく。

「よし、今だな」

モモ肉の鍋から少し湯気が出たくらいで、卵を投入する。

これで、あとは蓋《ふた》をして余熱で火を通すだけだ。

残りの鍋も、同じように卵を入れていく。

「お父さん！　何すればいい？」

「じゃあ、味噌汁をよそってくれるか？　あと、ご飯もな」

「うんっ！」

ノエルは元気よく返事をして、ちゃきちゃきと動いている。

これなら、店員としてもやっていけるな。

三分ほど待ってから、鍋の蓋を開けてみる。

おおっ……卵が汁の中で泳いでいる。これが最高の状態だ。

「わぁ！　良い匂い！　甘くて香ばしいね！」

「ふふ、そうだろ？　さあ、ご飯をくれ」

「はいっ！」

ノエルからもらったご飯茶碗に……鍋を揺らし、さっとスライドさせる！

すると見事に、鍋の具材全てが米の上に乗っかる。

「わわっ!?　凄いです！」

……ふふふ、ちょっと嬉しい。

これができるまで、祖父さんが許してくれなかったからなぁ。

「これを繰り返して……よし、できた。ワイバーンの親子丼だ」

そこに、匂いに釣られてゴランもやって来た。

「兄貴！」

「来たか。ちょうど良いタイミングだ。さあ、食べるとしよう」

揃ったので、全員で席に着く。

「「「いただきます」」」

みんなで熱々の親子丼を口いっぱいに頬張り……

「はふっ……うめぇ……！　これだよこれ……」

ただただ、しみじみと美味い……どうしたって、丼ものには白米が合う。

まさしく、腹の中が幸せに満ちている。

「兄貴、美味いっす！」

「あつっ……おいひい！」

「これはこれは……素晴らしいですな。お店を出されるなら、ぜひともメニューに加えるべきかと」

「そうですよね」

そうだな、今後はメニューなんかも考えていかないと。

今日のメニューは、仕込みさえしておけばすぐに作れる。ワイバーンは、これからは定期的に仕入れができるし。

みんなが食べ終わったところで、改めてロバートさんに挨拶をする。

「ロバートさん、長い間お世話になりました。数日後には、ここを出ようと思います」

「こちらこそ、楽しい時間をありがとうございました」

「ここに来て、半年くらいですね」

小さかったセツも、随分成長した。

最初は一人と一匹だけだったのに、そこに娘のノエルが加わり、ゴランやエギルという、得難い友も作ることができた。

時には仲間を集め、共に食事をして……楽しい思い出ばかりだ。

「初めて会った時は、不思議な方だと感じましたが……まさか、異世界人だとは思いませんでしたよ。ですが、よき方に会えたと思っております」

「俺も見ず知らずの世界に来て、こんなに優しい方に巡り会えるとは思っていませんでした。ほら、ノエルも挨拶したらどうだ？」

まだノエルは、ロバートさんに別れの挨拶ができていない。

何故なら……先程からずっと泣くのを我慢しているのか、黙ったままだからだ。

「はぃ……あの……お世話になり……ましたぁ」

その声はか細く、悲しみに満ちていた。

「はい、こちらこそ。楽しい時間をありがとうございました」

「僕、今はお父さんいるし……孤児院にはお母さんみたいな人もいました。でも、おじいちゃんって人はいなくて……ロバートさんのこと、勝手にそう思ってたんです」

「……そうですか」

ロバートさんは天を仰《あお》いだ。その目から、何かが溢れないように堪《こら》えているみたいだ。

「ふむ……」

俺は改めて今後について考えてみる。

どうするのが一番良いか。ロバートさんは魔法を知らない俺を変な目で見なかった。

しっかりと釘を刺しつつも、いつだって丁寧に説明してくれた。

ヘンテコなメンバーの俺達を、いつも温かく迎えてくれた。

短い間だったけど、特にノエルはよく懐いていた。

「ロバートさん」

「ヒュウガさん？」

「もしよろしければ、俺の店がオープンした際に、従業員として働いてもらえないでしょうか？」

「……へっ？」

「お、お父さん？」

ゴランとノエルが、目を見開いて固まる。

でも、これは以前から少し考えていたことだ。

ただ、スラム街はここより治安が悪いし、ロバートさんにも宿屋経営があるから除外していた。

しかし宿を閉めるなら話は変わってくるし、過去にハンターとして活動した経験もあるのは心強い。

「もちろん、静かに隠居したいというのなら、無理には」

「いえ、やらせていただきます。こんな老骨でよろしければ、お使いください」

俺の言葉を遮るように、ロバートさんが身を乗り出す。その目には先程とは違い、力を感じる。

「いえいえ、全然現役でやれますよ」

「……じゃあ、また一緒に遊べるの？」

「ああ、そういうことだ。というか、ノエルと一緒に働いてもらう感じになるな」

すると、理解が追いついたのか……

「……やったぁぁ！　わーい！」

ノエルの喜びようを見て、二人で顔を見合わせて微笑む。

「ほほ、嬉しいものですな」

「ええ、本当に。ロバートさん、改めてよろしくお願いいたします」

エピローグ

それから二週間が経った。

引っ越しも無事に終わっている。

そんな中、俺は新たな調理場であるオープンキッチンに立ち、お祝いのパーティの準備を進めていた。

すると、ユリアが店の中に入ってくる。

「ユリア？」

彼女はそのまま無言で、ソファーにいるセツに抱きつく。

「はぁ、癒される」

「クゥン？」

相変わらずめちゃくちゃ可愛いが、いつもより顔色が良くないのが気になる。

「どうしました？　まだ時間には早いですが……それに、お疲れのご様子で」

「時間より早く来てすまない。うーむ……確かに疲れている。おのれ！　書類の山とサインは、もううんざりだ！」

「な、なるほど」

「だが、これは必要なことだし……ヒュウガ、お前のおかげで帝国との同盟が成立した。この国を代表して、礼を言わせてくれ」

あの男が約束を守ったということか。ろくでもない奴だったが、そこだけは評価できる。

「俺はユリアとの約束を果たしただけですから」

「父上から、ぜひ会いたいと言われたが……」

「そういうのは遠慮します。俺は、ここで静かに暮らしたいので」

「ふふ、ヒュウガらしいな」

「それに……」

と言いかけて、俺は言葉を呑み込む。

「なんだ？」

「いえ、なんでもありません」

もしユリアのお父上に会う時があるなら、それは正式にお付き合いをしてからの方がいい。

それに関しては、ゆっくりでいい。

ユリアは、ようやくデュランという男から自由になれたのだ。

多分ユリアも、俺のことを悪くは思ってないはず。

だが、このタイミングで恩着せがましく交際を迫るのは、何か違う気がする。

「それよりも、まだ二時間くらいかかりますが、一度仕事に戻るのですか？」

「いや、さすがに休ませてもらったよ。も、もしかして、迷惑か？」

ユリアはセツを抱えたまま、上目遣いで俺を見る。

「い、いえ！　では、みんなが来るまでゆっくりしていってください。その……自分の家だと思って」

「……いいのか？」

「ええ、もちろんです。今日も、元気が出そうなものをご用意しますね」

「それはありがたい。では、お言葉に甘えさせてもらおう」

「いえ、いつもお世話になっていますから。セツ、その間ユリアの相手を頼むぞ？」

「ワフッ！」

そうだ、今はこの感じを楽しもう。

これから先、時間はいくらでもあるのだから。

さて、今日はたくさん人が来るから、何を作ろうか？

俺は再び厨房に立つ。

「量があって精がつく食べ物で、健康に良い……レッドベアーの肉が結構余っていたな」

前の世界と同じかわからないが、熊肉は栄養が豊富だ。

身体が温まるし、滋養効果もある……何より、コラーゲンもたっぷりだから、美容関連の効果も期待できる。

「それに、思い出の獲物でもある……よし、熊鍋にするか」

そうと決まれば、早速作っていこう。ジビエ料理ならお手の物だ。

まずは、ニンニクとショウガを刻んで、油をひいたフライパンに入れ、火にかける。

「そこに、塩胡椒したレッドベアーの肉を入れて……と」

この世界の熊肉は臭みがあまりない。

だから臭み取りは必要ないのだが、煮込む前に焼くことで、より柔らかくなる。

ニンニクとショウガの味も染み込むし。

鍋に水をはって、キノコと、山菜類を入れる。

これらが良い出汁を出して、肉の美味さを引き立てるはず。

あとはぶつ切りにしたキャベツや玉ねぎを、焼いた熊肉と一緒に鍋に入れる。

コンロが三つあるので、同じように鍋を用意する。

「さて、あとは煮込むだけだ」

ソファーの方に戻ると、よほど疲れていたのか、ユリアはセツは一緒に寝息を立てていた。

「スゥ……」

「ピスー……」

二人とも、寝顔が天使のようだ。起こしては可哀想だな。

俺はビールを飲みながら、寝顔に癒されるのだった。


一時間後、ユリアが目を覚ました。

「まったく、何故起こしてくれなかったんだ……!?」

「すみません、お疲れだと思ったので」

単純に寝顔が可愛かったのもある。

「むぅ……寝顔を見られるとは不覚だ。へ、変な顔してなかったか？」

「え、ええ、その……可愛らしかったかと」

「なっ……なっ～!?」

絶句したユリアが俺から顔を背けてしまう。

「まったく、ヒュウガときたら……天然なのか？」

「ワフッ」

「そうだな、お前のご主人は仕方ない奴だ」

何故俺は、二人から呆れた表情を向けられているのだろうか？

そうこうしているうちに、招待したみんなが集まりだした。

「兄貴、連れてきやしたぜ。まったく！　この龍人ときたら、どこにいんのかわからないから、苦労しやしたぜ」

「すまなかったな、ゴラン。エギルも、よく来てくれた」

ゴランにはエギルを捜《さが》してもらっていた。

ロバートさんの宿が閉まったので、エギルはまた旅に出ていたからだ。

「うむ、こちらこそすまなかったな」

「お父さん！」

続いてノエルがドワーフのノイスさんと、商店街のロダンさんを連れてきた。お使いのついでに二人を呼んできてもらったのだ。

「ノエル、おつかれさん。ノイスさん、ロダンさんも、よく来てくれました」

「ったく、仕方ないのぉ。クラリスが来るらしいが……我慢するとしよう」

「まあ、いいじゃねえか」

ちなみに店を開いた暁には、メインの食材以外は商店街で揃えるつもりなので、ロダンさんとは今後も良い関係を続けたい。

「ヒュウガ～！　トマスを連れてきたわよ！」

「いやはや、お邪魔いたします」

「クラリス、ありがとう。トマスさんも、お忙しいところありがとうございます」

ハンターギルドの上の階はテイマー協会なので、クラリスに頼んでおいた。

今日は今までお世話になった方々に、ぜひお礼をしたかったから。

そして、この人も……

「ヒュウガ殿」

「ロバートさん、宿の経営……お疲れ様でした」

ロバートさんは宿を閉め、今日から一緒に住むことになっている。

「しかし、本当によろしいのですか？　私が、ここに住んでも……」

「もちろんですよ。部屋も余っていますから。ぜひ、ノエルと遊んでやってください」

「まさか、まだ人生に楽しみがあるなんて……ありがとうございます」

「いえ、礼を言うのはこちらですよ。さあ、席にお座りください」

ロバートさんは、元C級ハンターだったそうだ。歳は取っても、そこらの荒くれ者には負けないくらいに腕《うで》っ節《ぷし》が強いらしい。

これで今日招待した全員が揃ったので、いよいよ仕上げに入る。

「味噌を溶かして……よし、完成だ」

鍋ごとダイニングスペースに持って行き、テーブルに置く。

そして、取り皿によそって配ってみんなに配る。

「皆さん、今日は忙しい中お集まりいただき、誠にありがとうございます。今日はお世話になった皆さんにお礼したいと思い、この会を開催させていただきました」

俺は全員の顔を見回し、ゆっくりと言葉を紡ぐ……感謝の意を込めて。

「ここにいる皆さんがいたおかげで、俺はこの異世界……いや、この世界を好きになることができました」

そうだ、俺にとってここはもう、とっくに異世界じゃない。

あの日の出会いから……大事な人がいるここが、俺の住む現実世界だ。

「ささやかですが食事をご用意しました。どうぞ、お召し上がりください」

みんなが笑顔で頷き、それぞれ口にしていく。

「ユリアも、どうぞ召し上がってください。レッドベアー鍋です。セツも食べていいぞ」

「ワフッ！」

「おおっ！　あの高級食材を鍋に……うん、食欲をそそられる良い香りだ。少し赤いが……」

ユリアが匂いを嗅いでゴクリと唾を呑む。

「まあ、食べてみてください」

「う、うむ……ほう！　これは良い！　体が芯《しん》から温まりそうだ！」

「どうやら、少しお疲れの様子でしたからね」

「ああ、そうだな。レッドベアーの肉は栄養が豊富だと言われている。ただし、なかなか出回らないがな」

「これからは、俺が定期的に仕入れましょう。では、俺もいただきますか」

椅子に座り、スプーンで汁ごと口に含む。

「っ～!!　うめぇ！　……おっと、すみません」

「ふふ、気にするな。レッドベアーの肉特有の辛さと旨味が味噌にも染み込んでいる……滋養効果が期待できそうだ」

ユリアの言う通りで、レッドベアーの辛さにより、辛味噌風味になっている。

味はもちろんおいしいし、身体はポカポカしてきた。

「ええ、元気が出そうです」

「キャンキャン！」

「おっ、もう食べたのか。仕方ない……ほら、おかわりだ」

どうやら、セツも気に入ったらしい。

「ヒュウガ！　これ美味しいわ！」

「かぁー！　エルフはいちいちうるさいわい！　だが、美味いのは間違いない」

クラリスとノイスさんは、なんだかんだで仲が良さそうだ。

「テメェ！　俺の分が！」

「くははっ！　弱肉強食の世界ゆえ！」

ゴランは相変わらず、エギルの手玉に取られているようだな。

「ほほ、熱いですぞ？」

「気をつけてくださいね」

「は、はい！　ハフハフ……おいひい！」

ロバートさんとトマスさん、二人の好々爺《こうこうや》に挟まれ、ノエルは幸せそうだ。

というか、それ以上に挟んでいる二人が幸せそうだ。

そして俺はロダンさんとしみじみ酒を酌《く》み交《か》わしていた。

「ヒュウガ、良い料理だ。みんな、良い顔してるぜ」

「ロダンさん……ありがとうございます。前に言ってくれたこと、今でも心に残っています。俺を息子のように思ってくれると……実際に、色々とよくしてくださいました」

ロダンさんを含む商店街の皆さんには、本当にお世話になっている。

セツも可愛がってもらっているし、店を開くと言ったら協力してくれた。

「なぁに、気にするな。うちには子供もいないしな……それに、礼を言うのはこっちだぜ。暗くて活気がなかった商店街が、お前とセツのおかげで明るくなった。みんな、まだお前に恩を返しちゃいないって、張り切ってるさ」

「そ、そうですか」

ロダンさんの言葉を聞き、目頭《めがしら》が熱くなる。

「おいおい、男が簡単に泣くんじゃねえ……へっ、俺も食べるとするか」

照れ臭そうに立ち去る彼の目元には、俺と同じく……うっすらと涙が浮かんでいた。

「ふふ、良いものだな。こうして、鍋を囲んで食べるというのは」

入れ替わりで隣に座ったのはユリアだ。

「ええ、幸せなことです。ユリアには、あまり経験がないですか？」

「まあな。一応、皆が気を遣う人間だ」

そりゃ、第一王女って立場だもんなぁ。色々と気を使うだろうし、色々と寂しいのかもしれない。

「俺でよければ、いつでも付き合いますから。一人で食べるより、みんなで食べた方が美味しいですから。だから、自分の家だと思って気軽に来てください。なっ、セツ？」

「ワフッ！」

「ありがとぅ……私は、お前達に出会えて良かった」

そう言って、彼女は微笑んでくれた。

やっぱり、料理は良いな。

美味しい料理を親しい人と食べる……これ以上に幸せな組み合わせはない。

気が休まるし、自然と笑顔にもなる。

確かに、まだまだ困難なことは山ほどある。

スラム街のこと、ユリアとのこと、ダンジョンのこと。

でも俺は、これからもこの世界で生きていく——みんなが喜ぶ料理を作りながら。


とある辺境都市に、変わった飲食店がある。

そこでは種族や身分に関係なく、皆が楽しく食事をしている。

仲の悪いドワーフとエルフが、恐れられている龍人族とただの人族が、仲良くしている。

王族と一般市民が共に食事をし、貧しい者達もお腹いっぱいになって帰っていく。

白い狼と兎族の看板娘がみんなに可愛がられている。

その中心にいるのは、異世界からやって来たという、一人の人間の男。

最強の力の持ち主ながらも、誰よりも優しい心を持つ。

その人柄《ひとがら》に惹かれて人が集まり、彼の周りには笑顔が絶えない。

その者の名はヒュウガ……いずれ、最強の料理人と呼ばれる男である。

サラリーマンの福菅健吾《ふくすけんご》――ケンゴは、高校生達とともに異世界転移した後、スキルが『言語理解』しかないことを理由に誰一人帰ってこない『奈落』に追放されてしまう。そんな彼だったが、転移先の部屋で天井に刻まれた未知の文字を読み解くと――古より眠っていた巨大な船を手に入れることに成功する！　そしてケンゴは船に搭載された超技術を駆使して、自由で豪快な異世界旅を始める。

◉定価：1320円（10%税込）　ISBN 978-4-434-31744-6　◉illustration：片瀬ぽの

著 水都 蓮
Minato Ren
トカゲを（本当は神竜）召喚した聖獣使い、
竜の背中で開拓ライフ
～無能と言われ追放されたので、空の上に建国します～
祖国を追い出された聖獣使い、
巨竜の背で自由に生きる!!
竜大陸から送る、
爽快天空ファンタジー！
聖獣を召喚するはずの儀式でちっちゃなトカゲを喚び出してしまった青年、レヴィン。激怒した王様に国を追放された彼がトカゲに導かれ出会ったのは、大陸を背負う超でっかい竜だった!?　どうやらこのトカゲの正体は真っ白な神竜で、竜の背の大陸は彼女の祖国らしい。レヴィンは神竜の頼みですっかり荒れ果てた竜大陸を開拓し、神竜族の都を復興させることに。未知の魔導具で夢のマイホームを建てたり、キュートな聖獣たちに癒されたり――地上と空を自由に駆け、レヴィンの爽快天上ライフが始まる!
◎定価：1320円（10%税込）　◎ISBN978-4-434-31749-1　◎Illustration：saraki